# 小◎女◎贼de细软

钱海燕 著

作家出版社

## 作者　　钱海燕

钱海燕，女，白羊座．自幼喜爱书画，数学很少及格，大学从经济系狼狈逃跑转学中文，勉强毕业，之后投身记者生涯，闲暇时漫画创作及平面设计。曾在国内外绘画写作比赛中多次获奖，出版画集有《小女贼的细软》、《小女贼在惦记》、《小女贼之偷香》、《小女贼私房画》等十几种，受到广大喜欢一边坐在马桶上看书一边偷偷乐的各年龄层读者的热爱。其作品亦庄亦谐／软硬兼施／有话则长／无话则不说，被可能收了好处费的评论家称之为“简笔浮世绘”，曰：“拈花微笑，飞叶伤人，既有禅趣，亦含杀机。”

E-mail：shuixianhua@vip.sina.com

# 自 序

所谓逼上梁山。

大学毕业分到报社，先在新闻部实习。每月15篇的稿件量，别人游刃有余，我就完不成——懒得出门见人，出门就迷路，记不住被采访者的名字。而且对哪里下水道堵了、什么机关乱收费了、谁和谁为5毛钱存车费打起来并互相捅了几刀子的事，不大感兴趣。

我好像对现实生活中很多事都懵懵懂懂，不感兴趣。我的人生理想，就是躺在夏日午后帘影低垂的书房看《红楼梦》，有冰糖百合绿豆沙喝。

踌躇数月，敲开总编办公室的门，结结巴巴提出用漫画代替新闻稿——小时候学过很久画——他一时糊涂竟答应了。喜出望外。

削一支2B铅笔就算开业庆典，我意意思思走上了漫画创作的邪路。走走停停，东张西望。也不是一点不辛苦，但风光别样，无人看管，心情很愉快。

读者反响还好。不用坐班啦。

陆续得了几个奖，出了若干本书，状态好或缺零花钱的时候，会在各地报刊同时开十几个专栏。也不觉得累，常常画到凌晨三四点眼睛还亮亮的，像失眠的猫，像自以为得到失传魔法的小巫师。

早晨坦然赖床。打开信箱，杂志报纸的角落上印着我不太喜欢的自己的名字。我比较喜欢看到汇款单。

然后看书，画画，玩。睡一个不长不短的午觉。

傍晚下楼，到已近散场的集市遛遛达达，买够一天吃的蔬菜水果。有个菜摊兼卖鲜花，花价略比菜价高。挑几支栀子、玉簪或小苍兰回家插瓶，瓶与花皆白。《幽梦影》说“花色娇艳者多不甚香，瓣之千层者多不结实”，——是的——“甚矣，全才之难。”

夏天买只烤玉米，吃得嘴唇黑黑的。

冬天，巷口支起糖炒栗子的大铁锅，旁边围一群小孩子。明亮的火苗馋馋地舔着锅底，青色的柴烟飘进暮霭，温暖而芬芳。老板娘笑着递过来的零钱总是稀软而旧的，报纸包好的栗子甜香滚烫。那纸上印着我们的报名和我昨晚才画完的画。好亲切。

同样的报纸还被旁边的鱼摊小贩拿去垫着吭哧吭哧刮鱼鳞。

我有了更多朋友。信上的，电话里的，E-mail往返的。有时回家会发现门上插着一本新版资料书，一张便条。

会在晚上十二点接到兴奋女友的表扬电话："你今天这个画上的话很好啊！"

"哪个？"

"'吵架中总是女人说最后一句话，否则男人的每一句话都会成为新一轮争吵的开始。'——我刚才和他吵架就引用了！"

"然后好了吗？"

"然后吵得更凶了！"

张爱玲说她很有兴趣给小孩起名字，算是一种小型的创造。其实给自己的专栏起名也一样。曾在一份极严肃的报上有个专栏叫"风凉画"，我起的。开始说给在那个报社工作的同样严肃的朋友听，以为他会不同意，没想到他频频点头："好，贴切！"

"和什么贴切？"

"和你。急得火上房的事，你也有闲心边打119边说风凉话。"

最害怕有人锲而不舍问我某幅画表达了什么哲学涵义："是这样吗？""要不，是那样？"。

传说，想进入古老的Mantua城堡必须先经过一个迷宫，迷宫入口刻着一句话："可能是，也可能不是。"

生活与艺术的迷人之处也许就在于此吧——它不是考试，没有惟一确定的答案。

它只是彩排。而你，只需相对认真。

年初，南方先生约我出这本精选集。真不好意思告诉他：没什么好选的，一共就几百页彩画。

想起非常欣赏的一位老作家曾在自选集的序中自嘲，说自己选稿就像老太太择菜——老太太择菜总是很宽容的，扔掉一片黄叶子，看了看，好像还能吃，又拾回蓝子里：拾到篮里的都是菜啊。

而我觉得自己简直像个初出江湖的小笨贼，趁月黑风高之夜偷来片段的灵感或邪念，曾一瞬间以为是字字珠玑篇篇锦绣的金银细软呢，如今，灯下一一翻捡回顾，不过是木钗粗衣玻璃珠子罢了。嗯，送当铺都不知收不收呢。

不过……也只好这样啦，随你翻翻看，顺眼的拿走吧，就当分赃了。

2002年7月 于梅花阁

敌人我知己，
越少越安全。

钱海燕绘

怀有秘密爱情的女子，
宛如一朵悄然结籽的莲花，
含蓄而笃定，
即使秋深，即使霜降，
依然清芬暗萦，幽娴自若，
她往往是孤独的——
孤独，但并不寂寞……

沉默、退缩、拒绝——
吸引男人的三种最佳途径。

当大海变浅时，
第一批爬上岸的鱼长出了腿，
有了肺，甚至生出了翅膀……

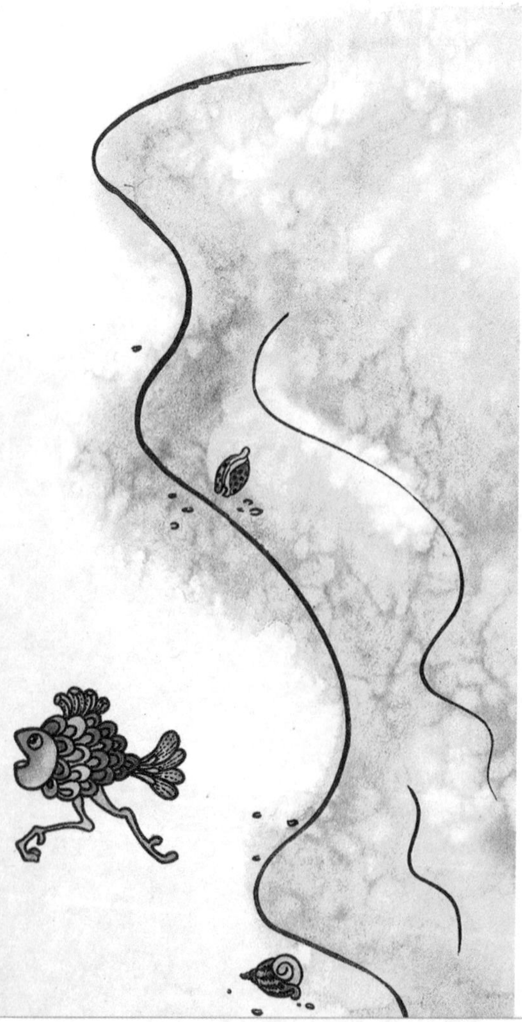

自由意味着可以选择——
或者活得有意义，
或者死得有尊严。

# 领带

除了事业和女人，领带几乎是男人惟一的装饰品了。上班族每天在棕黑咖蓝的深色西装里闷着，不知初夏时分看到女孩子换上鲜丽轻薄的衣裙，是否也生几分羡慕之心?

我喜欢逛领带柜台，爱看那美仑美奂的图案和颜色，比日本印制的和服纹样册子还令人着迷。常想：这个藕色缠枝花的，做旗袍就好看了；那个金碧织锦画人物的好像伊斯兰经书的插图，可以当壁衣……顶尖大师设计的领带，一条总卖几千块，似乎贵族出身的售货小姐站在三米之外冷冷旁观，看我也不像买的，并不上前招呼——正好。

不喜欢男人用领带夹，规规矩矩定在那里像大头针钉住的蝴蝶标本；喜欢他们干活忙了随意松开的样子，手中一杯咖啡，耳上夹着电话，像在拍广告——另一个常见的广告场景是妖娆女子坐在酒吧台上，迷你裙，鱼网袜，把欲近不敢、欲去不舍的仰慕者的领带一把掳住，慢慢慢慢拉近，就像拉近一头受宠若惊的驴子。

讲究点的男人衣橱里总有几十条领带，大都是女友、妻子、朋友、同事送的生日、圣诞、什么周年的礼物。哪一条，是谁，在什么时候，何等场景下送的？有无音乐、烛光、卡片和暗示？都记下来，大概可算一个男人的半本自传了。

可惜记不清。有幅漫画，画两个小孩在父亲节时偷偷打开父亲卧室的衣柜，一个在挑领带，另一位手里拿了只打好缎带的空礼物盒子催促：“快点吧，没关系的——反正他也认不出来！”

钱海燕绘

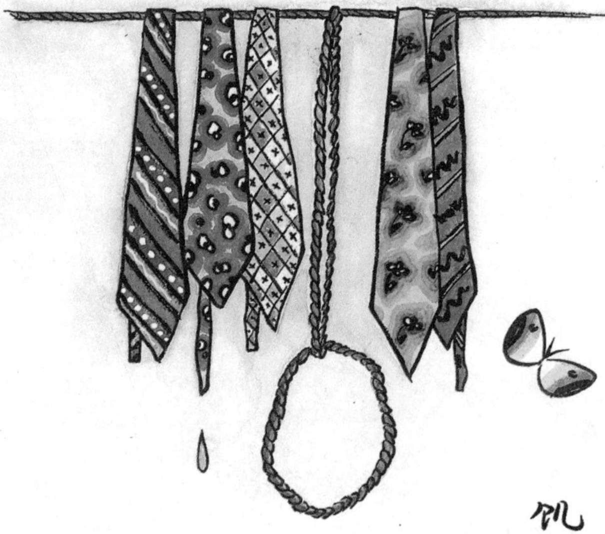

人生哪有死结？
想通了，不过就是——
饥来餐饭倦来眠。

无论你在做什么，
美，
总会让你有点分心。

缘份就是说——
这世界上的人虽多，
但下雨的深夜陪你回家的，
永远只有一个……

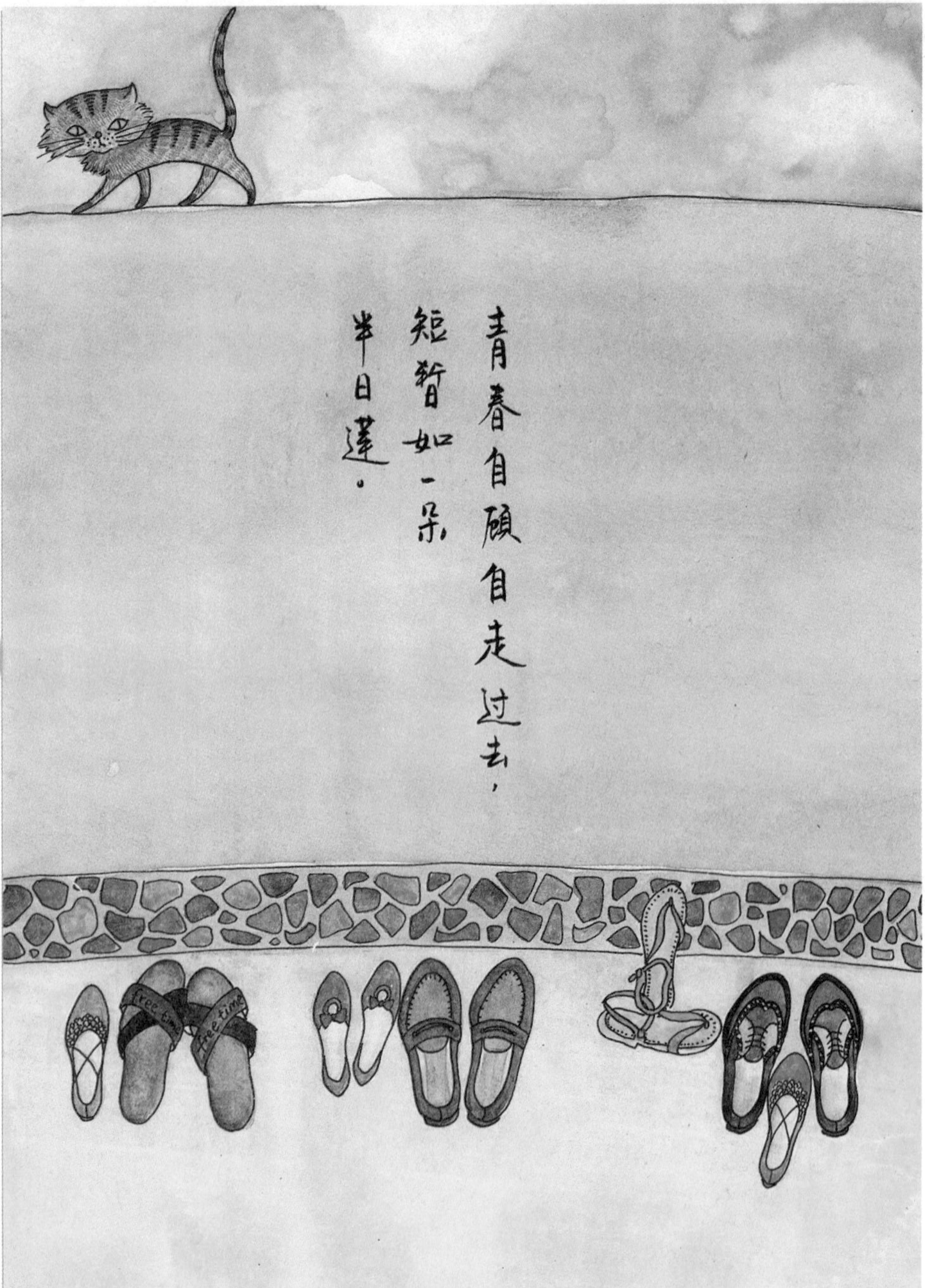
青春自顾自走过去，
短暂如一朵
半日莲。

某些女人的工作履历是
—前半生通奸，
后半生捉奸。

中年的感觉，如从尾端开始食甘蔗，由涩而甜，渐入佳境。

一个民族的历史越简单，
则她的人民就越幸福，
这道理，类似于——
国家之不幸，乃诗家之大幸。

# 颜如玉

《聊斋》里有篇《书痴》，讲一位姓郎的秀才是个书呆子，不知稼穑，不懂世情，两耳不闻窗外事，一心相信书中自有黄金屋千钟粟颜如玉什么的，三十多岁了，还光棍一条。

某日读《汉书》，书页里翻出个纸剪的美人，见风就长，飘然落地，竟变成个绝色的少女，自称姓颜名如玉，羞答答对他说：今日若不来与君一晤，只怕千载之下，再也没人相信古人的话啦。

从此花朝月夕诗酒唱和，两人琴瑟和谐，但没有男女之事。一夜在床上，郎生福至心灵，突然提出一个深刻的问题：亲爱的，别人家夫妻睡在一起会生出小娃娃，咱俩天天睡，怎么不生？颜如玉笑答："你天天读书，书都读到狗肚子里去了！告诉你呀——枕席二字有功夫！""什、什么功夫啊？""傻瓜——过来！"她含羞带笑慢慢迎上去俯就他……他快乐极了，简直醍醐灌顶一般，从此见人就说：想不到啊，夫妻之事原来如此妙不可言！她跺着脚偷偷责备："这种事怎么可以到处乱讲！"他理直气壮："咦，爬墙钻洞之事不可告人，此乃天伦之乐，有什么可避讳的呢？"想像中两人的对白和表情，就像周星驰电影。

另一篇《狐谐》，讲一个叫万福的书生娶了个狐仙，狐仙美貌诙谐善于应对，万福的朋友却老是想耍贫嘴捉弄她，特别是其中陈所见、陈所闻兄弟俩和一个叫孙得言的。一次酒宴上，狐仙讲笑话，说某位使臣出访红毛国，骑了头骡子，国王没见过，就问，使臣答：骡子是驴和马生的。又问骡子生什么，答：生驹驹。国王还问，使臣答不出了，只好说："马生骡子，是臣所见，骡下驹驹，是臣所闻"。客人哄堂大笑。孙得言不服气，出对子给狐仙对：妓者出门访情人，来时万福，去时万福。狐仙不假思索：龙王下诏求直谏，鳖也得言，虾也得言。

聪明的女人没有不美丽的，蒲老先生笔下的花妖木精狐仙女鬼一个个灵透俏皮，着实可爱，比起饱读诗书的男主人公，她们面对生活时更柔韧勇敢，她们的智慧也更生动和直接——腹有诗书气自华，不错，但女人的聪明有时与书无关。

你读过《聊斋》吗？

书中自有颜如玉，
是否也可以这样理解——
一个女人若想花容永驻，
与其化妆整容，不如多读好书。

有爱大概就是这种感觉吧——
如果那人在等你，
那么，
时间多晚，都不算晚，
多远的地方，都不算远……

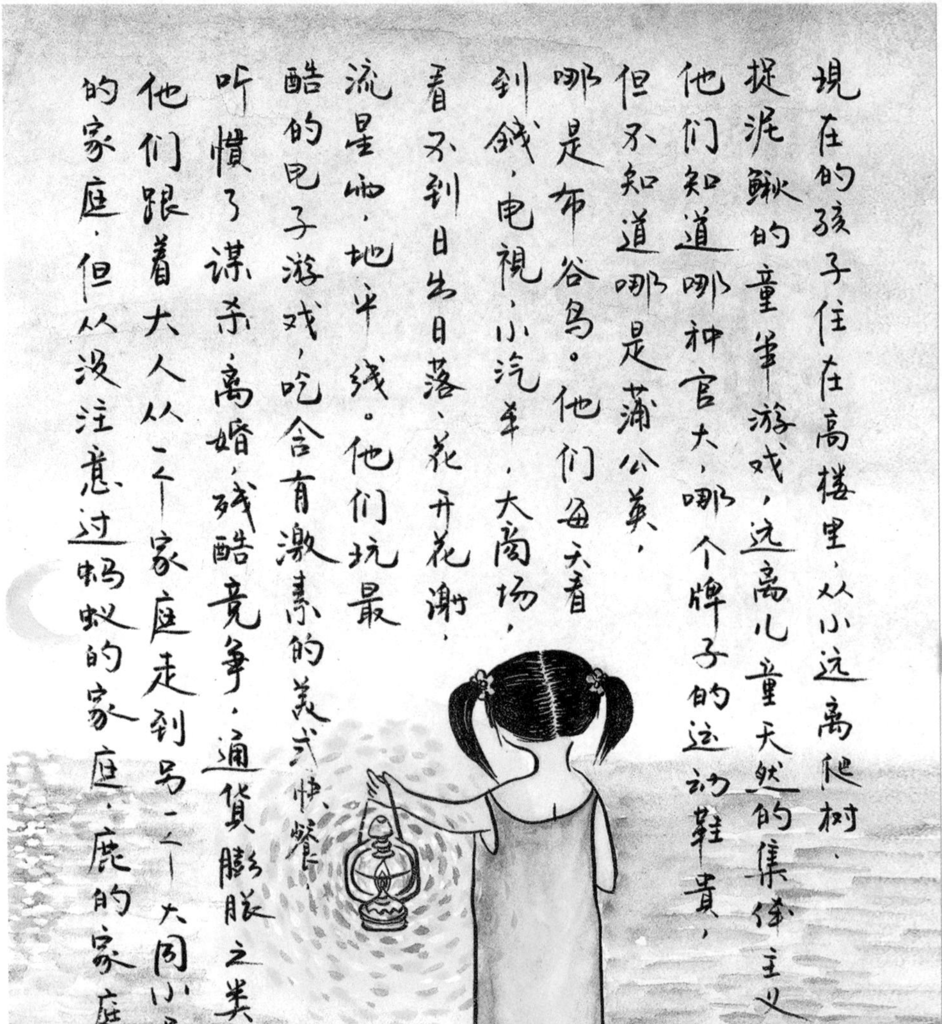
現在的孩子住在高楼里，从小远离爬树、
捉泥鳅的童年游戏，远离儿童天然的集体主义。
他们知道哪种官大，哪个牌子的运动鞋贵，
但不知道哪是蒲公英，
哪是布谷鸟。他们每天看
到钱、电视、小汽车、大商场，
看不到日出日落、花开花谢、
流星雨、地平线。他们玩最
酷的电子游戏，吃含有激素的美式快餐，
听惯了谋杀、离婚、残酷竞争、通货膨胀之类词。
他们跟着大人从一个家庭走到另一个大同小异
的家庭，但从没注意过蚂蚁的家庭、鹿的家庭……

人生的舞台上没有假装这一说——每个人迟早都会真的变成他日常扮演的那个角色。

面具戴太久，就会长到脸上，
再想揭下来，
除非伤筋动骨扒皮。

# 鞋子

履就是鞋，名词，如削足适履；也可作动词，走的意思，如履险如夷。一个人的小历史称履历，把他一生穿过的鞋子收集起来，大概是最直观的私人档案了——看他某时某地，草鞋还是革履，鞋底沾的，是荒山旷野的泥泞还是宫廷舞会的香尘？

鞋称履是汉之后，根据质料形制功用可分很多种。比如屐，底有双齿，南北朝大诗人谢灵运创制的谢公屐，可说是最早的登山鞋；舄，最尊贵的鞋，皇帝祭祀庆典时穿；靴，原北方游牧民族穿用，战国赵武灵王提倡“胡服骑射”始传入中原；旗鞋，就是花盆底儿，清代满族旗人妇女所穿的高底鞋，三寸多高的木底硌在脚心上，也不嫌难受；三寸金莲，呀，这名堂就多了，自李后主命宫女以帛缠足如新月状作莲台舞，宫内外皆效仿，从五代到辛亥革命，一千多年，中国女人可怜的脚就没断了折腾。缠足之痛现代人很难想像——西方人有言：想忘掉一切痛苦吗？换双小一号的鞋试试——换双小五号的鞋吧。

而更痛苦的人也许一生都没有鞋穿。

常在杂志上看到民间收藏家搜罗了一屋子的三寸金莲，轻红软碧，描花绣朵，什么高筒金莲低帮金莲翘头金莲平底金莲并蒂金莲单叶金莲钗头金莲锦边金莲红菱金莲碧台金莲，还有结婚穿的拜堂鞋，做寿穿的吉祥鞋，睡觉穿的睡鞋——过去的女子，一双小脚最珍重，即使上了床也不兴露出来，不信你看春宫画里的美人，含羞带笑欲拒还迎，身上裸无寸丝，脚上却是“曲似天边新月，红如褪瓣莲花”的一双睡鞋。看《金瓶梅》，写鞋的地方多不胜数，第八回潘金莲等西门庆不来，无情无绪，于是脱下红绣鞋来打卦，有《山坡羊》为证：

凌波罗袜，天然生下。红云染就相思卦。似藕生芽，如莲卸花，怎生缠得些儿大？柳条儿比来刚半杈，他不念咱，咱何曾不念他！私下帘儿瞧呀，空教奴被儿里，叫着他那名儿骂。你怎恋烟花，不来我家？奴眉儿淡淡叫谁画？何处绿杨拴系马？他辜负咱，咱何曾辜负他！

——虽是男盗女娼，却也旖旎香艳。

当你知道该如何度过青春时
青春已经过去了，
就像是一好容易等鞋子合脚了
可式样早过时了。

丈夫就像一个既必须又碍事的舞伴
——没有他时手没地方借力，
有了他呢脚又常々被踩。

真君子是：
以入世之态度做事，
以出世之态度做人。

钱海燕绘

女人总想改变她喜欢的男人，
等他真的改变了，
她又不喜欢他了。

漂亮女人走到哪里都沾光
——沾的是小光，
吃亏可是吃大亏。

婚姻中最折磨人的，
并非冲突，而是厌倦。

工作时不为钱分心，
钱反而会来得
快一些。

# 掰开你那

以前买了新衣服，回家先下水，会把缝在内侧那个备用纽扣剪下来放一边。当时想要记着，可日子久了，再搬几次家，都丢了。扣子掉了很难碰巧配上同样的，除非买一整套新扣子重钉，但工程太大；或者抽屉里找找，五个大小差不多而颜色各不同的凑凑，倒也别致，可也难……往往一件衣服就不穿了，觉得，人生真是前缘后事，可遇不可求啊。

现在新衣服不剪扣子了，就让它在里面吊着。有点不舒服，但心里踏实——就像多数凑合过的婚姻。尤其出差的时候，手袋里还塞个小针线包，两枚别针，怕走在陌生城市的街道上突然裙子开线、崩了拉链什么的——生活总是充满意外，事先留下余地、后路和备份，可见是年龄大了吧？

纽扣可以示爱，说的是中式衣裳的扣子，据说明代以后就有了的空的：小环叫纽，实心小疙瘩叫扣。有风俗是男子出门前，爱他的女人重新缝一遍他胸口第二颗纽扣，缝得结结实实的，替他系上，他走多远都不会忘记她了……关于这纽扣有个简单而暧昧的谜语，谜面是“掰开你那，放进我这。打一物，身上有。”思想复杂的人容易想歪了。

有个笑话也和扣子有关。说，一个男人独自旅行，有点无聊，忽然瞥见路边有个奇形怪状的公用设备，上面写着：来吧，我做得比你妻子好！同时见另一旅行者解开裤子前门凑近机器的开口处，片刻，面露微笑，满意而去。该男子心痒难耐，四顾无人，上前投币，如法炮制，解衣探人，闭目等待，突然惨叫一声跳开，低头只见：隐蔽处端端正正钉了颗大衣扣！

幸福像掉在沙发下面的一粒纽扣，
你专心找，怎么也找不找着，
等你渐渐淡忘了，
它自己滚出来了。

肯以华色示人者，
必有禅心和定力，
所以，伪名儒不如真名妓。

真正不可原谅的，并非通俗意义上的坏人，
而是对美没有感应，
不懂风情，又去煞风景的笨人。

任何学问，
钻研到极至都是美学。

知识不是力量
—智慧才是。

婚后的男人好像桌布，
只有吃饭时才出现，
婚前的有点像床单。

享受爱情而不受伤害
要遵守三条重要原则
……迄今为止，
还没人研究出来。

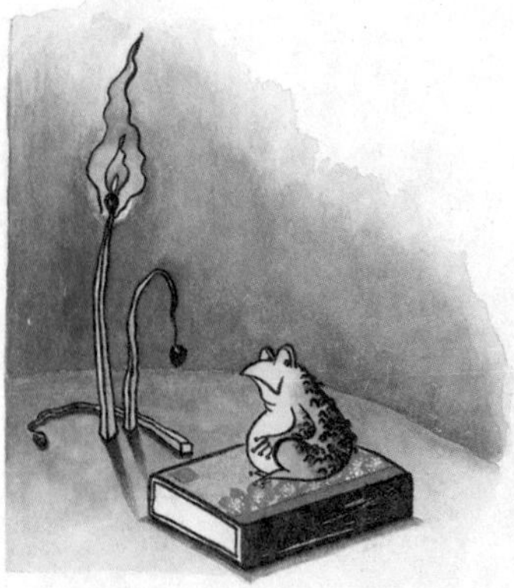

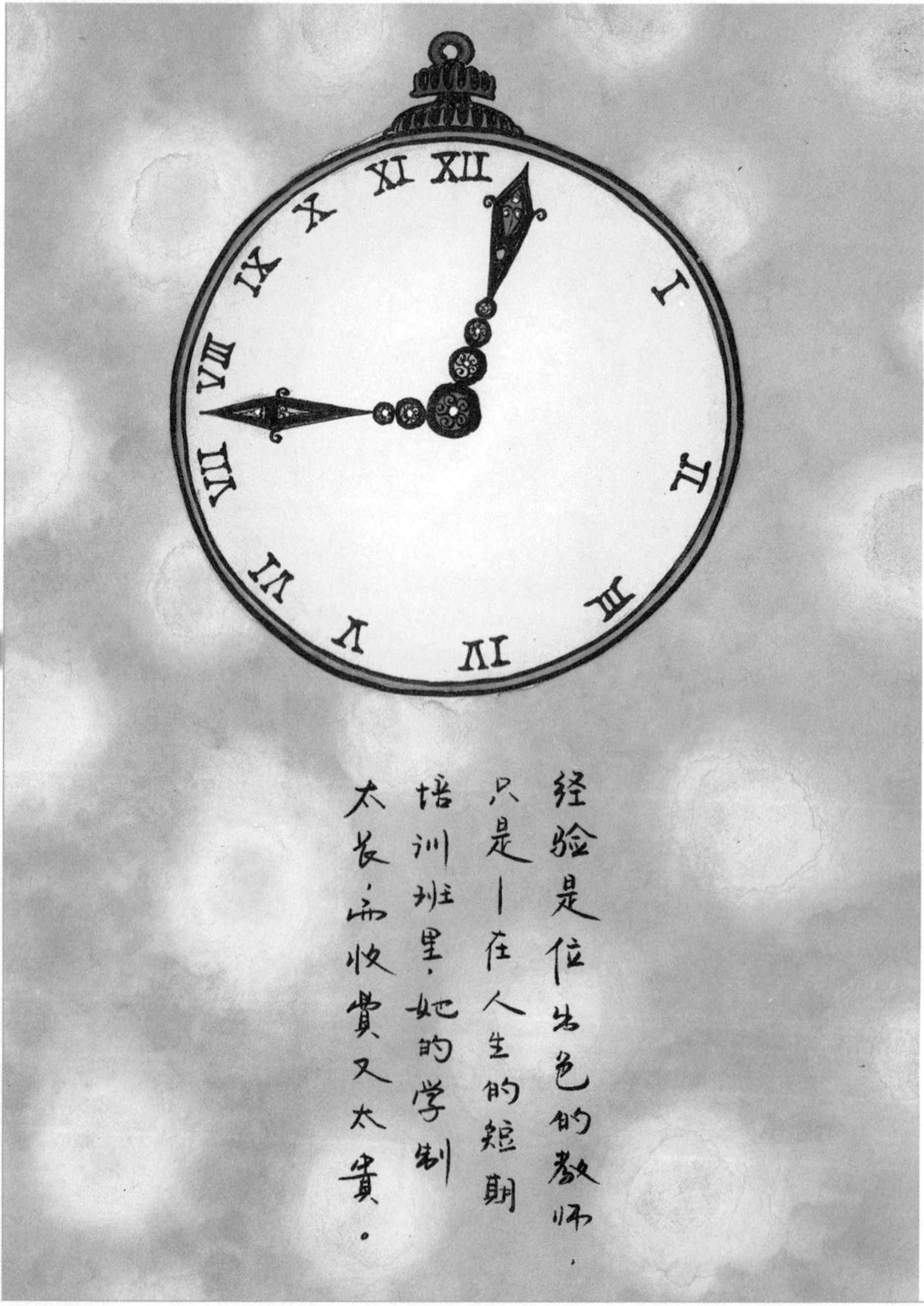
经验是位出色的教师，
只是—在人生的短期
培训班里，她的学制
太长，而收费又太贵。

没有什么比视线之内有个敌人
更能让你精神饱满的了。

# 敬 业

我只在刷牙时看电视：医生告诉我每天刷三次牙每次三分钟——九分钟老盯着水龙头可太乏味了。

于是猫一眼狗一眼地瞟了些电视剧，最近全是清宫戏：皇上格格，主子奴才，马褂大拉翅，“喳”！据说有几部炒得挺热乎，里面净腕儿，但我看着别扭。比如这么个场景：不知妓院还是官府内室，一个当官的，顶戴花翎，蟒袍补服，坐着；一个姑娘，旗袍比甲，低头站着。当官的突然一拍桌子：“脱！”那姑娘就哀怨而顺从地、如泣如诉地脱起来——简直就是《布拉格春天》之清宫版。我不顾牙膏辣嘴，拭目以待，直到只剩一个肚兜，导演撑不住了，于是当官的人性回归长叹一声拂袖而去，我也悻悻然跑去漱口。

晚上重播时间我又找这个片子，没找到，颇失落。我倒不是想看酥胸半露，街上多着呢，我是想研究一下那官儿穿的补子——就是官服前胸补丁似的一块——可能我看动画眼花了：我好像看他那儿绣了一只……猫头鹰？

明清的官服从颜色到面料都有严格规定，补子的图案也有讲究：武官用兽，如一二品用狮子，三四品虎豹，五品熊罴等；文官绣禽，一品仙鹤，二品锦鸡，三品孔雀，四品云鹤，依次还有白鹇、鹭鸶、黄鹂、鹌鹑等，没听过猫头鹰。当然不能要求谁都是考据专家，可演职员表里既有服装这一说，总得敬点业，不能太惊世骇俗吧。

前天和女友去美容厅，旁边床位上一位明显是“小姐”的外地口音女子在做皮肤护理，大概美容师跟她很熟，讲话就挺知己的，劝她：其实你干这个（意为又不是港姐选美），差不多就行啦，干嘛老来花这钱？小姐哟了一声：“话可不能这么说！不管干啥，总得那什么——敬业吧？！”

——你看看。

如果女人找男人只是为了解决生计问题，那么卖笑算是零售，嫁人可称批发。

别妄图改变你的爱人
——没有谁是上帝的半成品。

单相思就像谋杀案
——一不小心就露马脚。

聪明人应当是快乐的

——自以为聪明的人才常常烦恼。

生活不是毕业演出

——它只是一场非正式彩排。

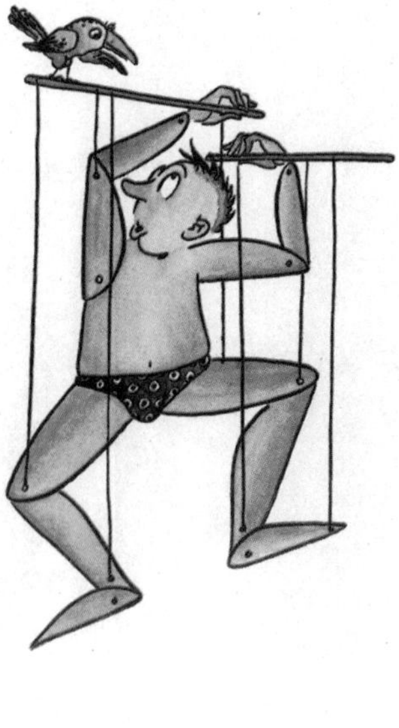

安全須知：第一，提防好脾气的人发火，第二，别和没什么東西可失去的人竞争。

善意是一种确实存在
令人欣喜、可以信任
但不能依赖的东西
——忠诚也是。

# 社　交

可以这样定义：时髦男女参加的、假装与性交无关的社会交往，简称社交。言简意赅。

当然也有以同性为目标对象的交往，那就（大多）是假装与钱无关的活动项目了，同样有趣而可观。

相同点是都需假装，装深沉／高贵／博学／优雅／有实力／有门路／有前途／有诚意／兜里有钱／上面有人等等等等。假装能不累吗？好像没听谁说过自己喜欢社交应酬的，可这城市的夜晚一径就这么灯红酒绿声色犬马觥筹交错衣香鬓影着——就像，每个男人（你认识的、你爱的、你家里的、你办公室和圈子里的）都说自己不嫖——敢发毒誓——可那成千上万的小姐怎么就赚得钵满盆溢？

有笑话说一个小男孩问父亲：“什么是社交啊？”父亲答：“就是那种你心里其实不想去、但出于某些莫名其妙的理由不得不去的无聊集体活动。”

第二天，小孩背起书包出门：“再见，爸爸，我去社交了。”

社交之所以累，
是因为每个人都
试图表现出自己其实
并不具备的品质。

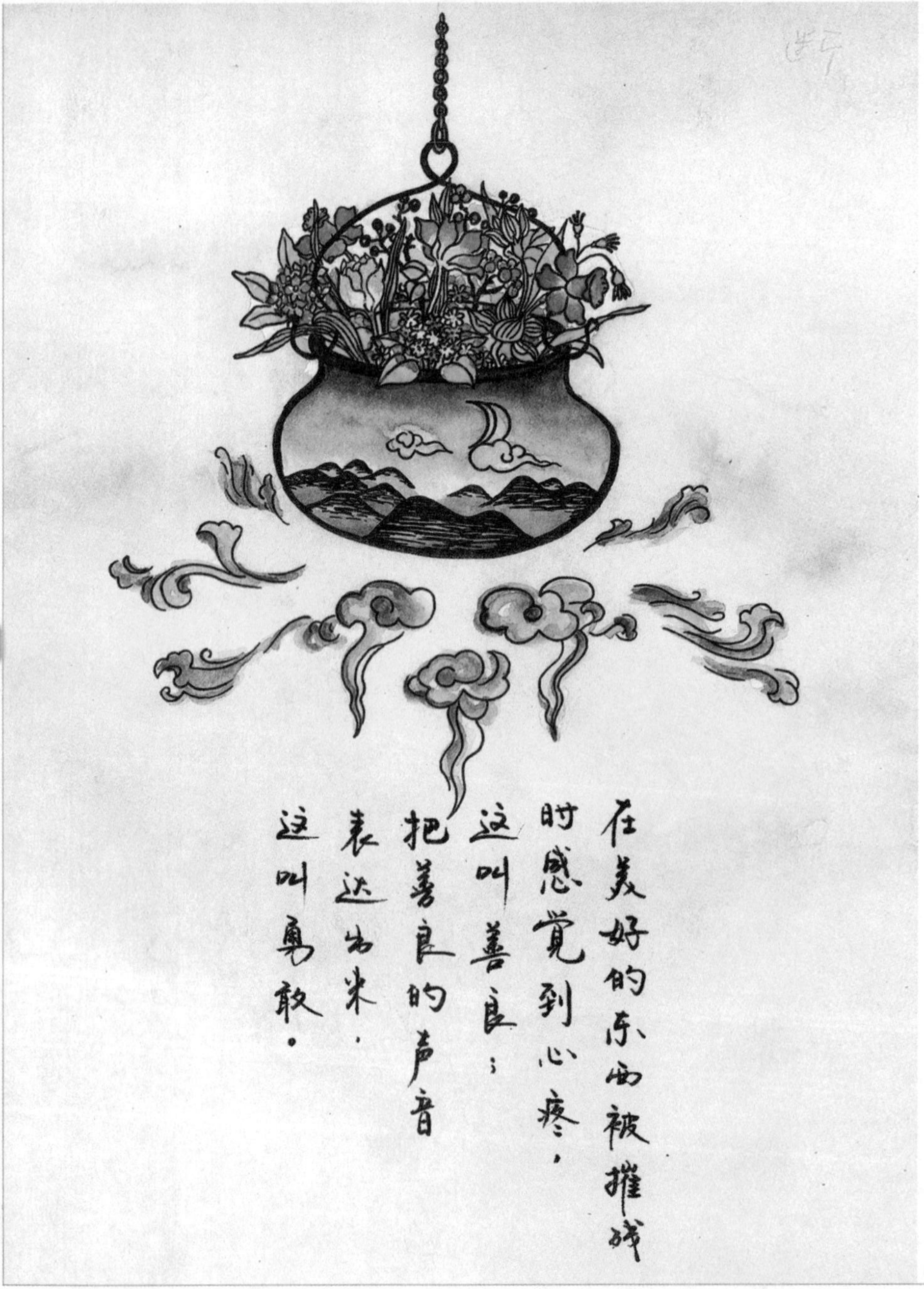
在美好的东西被摧残
时感觉到心疼，
这叫善良；
把善良的声音
表达出来，
这叫勇敢。

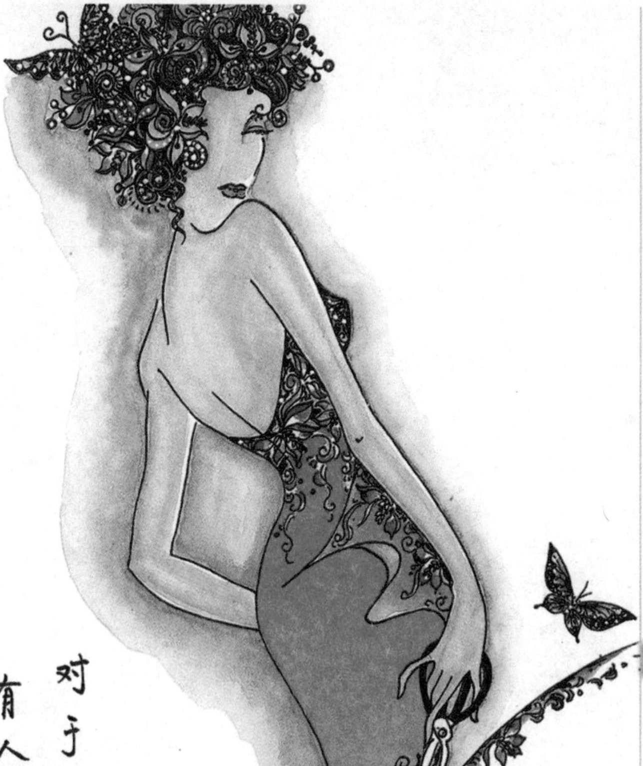

对于自己的生活，
有人是时装设计师，
有人像小店裁缝，
而大多数人，只在超市
买成衣而已。

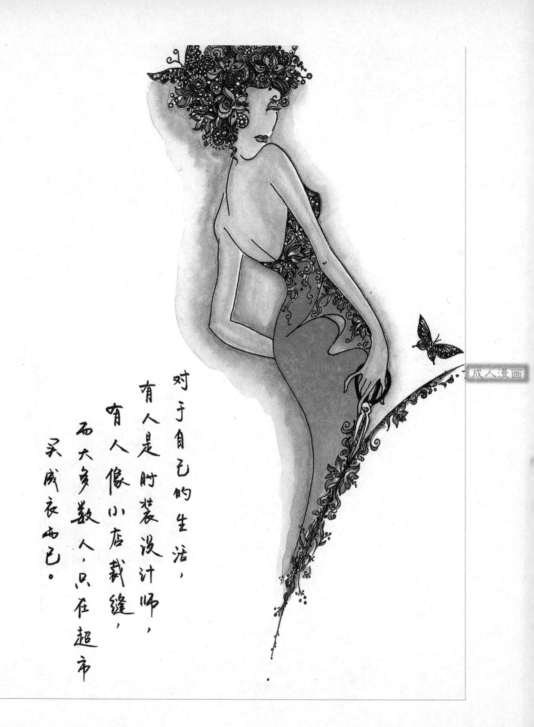

安慰是有用的—可以让
痛楚更清晰而且加倍。

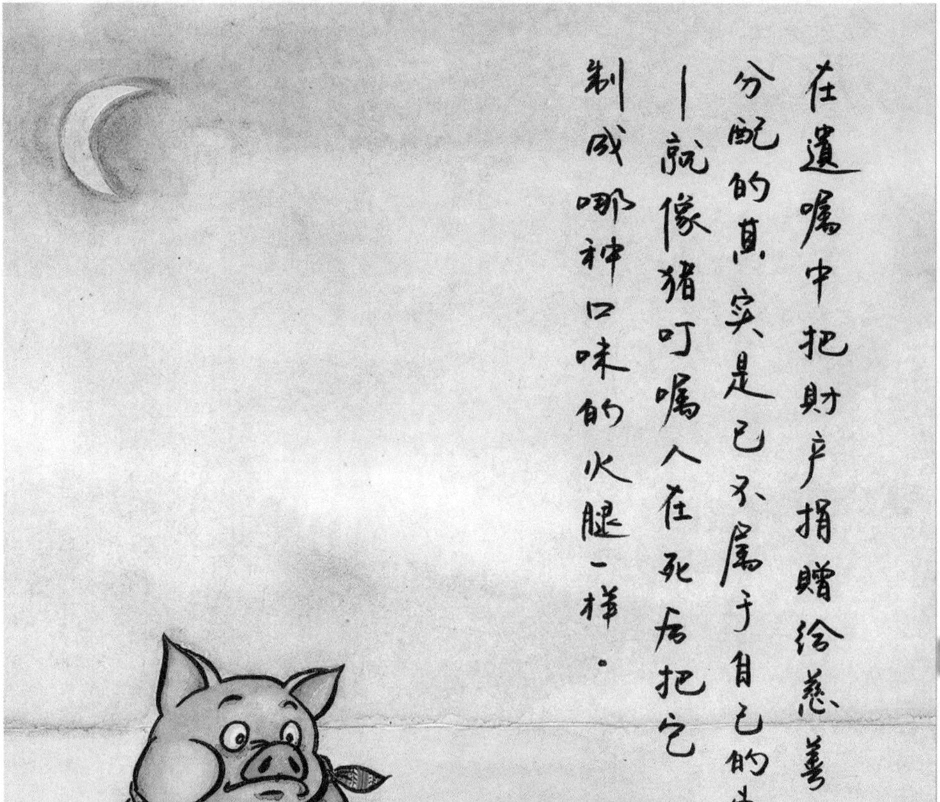
在遗嘱中把财产捐赠给慈善机构的人，
分配的其实是已不属于自己的东西
——就像猪叮嘱人在死后把它
制成哪种口味的火腿一样。

# 回 忆

曾经是个很孤僻的孩子。

上初二那年，忽然发现学校旁边小巷里有个园子，于是每天都去。六毛钱午餐费有五毛花在门票上，剩下一毛，走过熙熙攘攘的农贸市场时买一枚糖饼，边走边吃 。

园子叫万竹园，是一位大画家的纪念馆。据说园里有个诗社，可从没见过一个诗人。我喜欢这个地方，它像是我一个人的。穿过清寂的长廊，从一个院落走进另一个院落，火红的石榴花在碧绿的檐头开得热烈而凄凉。我脱了凉鞋，光着脚站在冰凉的青砖上，身后是冰纹梅花窗，红木螺钿茶几，绢本设色荷花图卷。它们不出声，时间静止了。

一个园丁独自住在这个红楼梦一样的园子里。他是外地人，他的名字就是他家乡那个塞上名城的名字。他不大说话，年龄在四十到六十之间，常喝得微醺，但举止温和儒雅。我有时逃学，整个下午跟着他，帮他浇草坪，剪花木，喂鱼，遛狗。两只看园的狼狗有小驴大，对我很友好，高兴了会驮着我在竹林间小跑，我乐不可支，园丁也远远看着微笑。有时他不在，我就去找出他藏在草窠里的水龙头钥匙独自浇花。有一天，我趴在他窗外往里看，桌上一本书翻开着，书上有张照片，上面一个极清丽的女子，旁边写道：那年桃树下／曾见貌如花／前发才束起／玉梳头上插。照片很老了，可那女子真年轻。

高中功课紧了，然后上大学，工作。再回万竹园，一切如故。只是，问新开的茶社的服务小姐，她不知道曾有这么一个园丁。

十五年后的我站在花厅看脚下的青砖，左起第二排第二块还是松的。曾有一次，我把画画比赛的奖章偷偷埋了进去。可现在我不敢再掀开看，我怕它已经不在那里儿了，更怕——它还在。

晚风从树梢上轻乐地跑过，要关园了，而回忆的门，正轻轻打开……

世界上唯一会隨着时光的流逝
而越变越美好的東西
就是回忆。

工作是美丽的，
因为它能够让你公然离开
法定配偶长达八小时。

找爱人就像买东西，
你一眼看中的那一个，
或者仅供陈列——非卖品，
或者已被预订——售出品。

成人漫画

无不可过去之事，
有自然相知之人。

动物只相信它看到的东西，
人却能看到他相信的东西——
幸福和烦恼皆由此而来。

死亡教会人一切，
如同考试之后
公布的答案——
虽恍然大悟，
但为时已晚。

世界上根本没有委屈这回事——
那只是你为你想得到的东西
付出的代价。

# 安慰剂

有一类药叫安慰剂，本身没有什么明确治疗效果，但如果有权威人士告诉你它有效果，你吃下就会感觉好些——好很多。

例一：有个小伙子口舌生疮大便干燥心慌气短肠胃功能紊乱，去看中医，中医说他没病，就是喝水少。他生气不信，跑去看西医，医生拿出煤气罐大小三瓶药来，“红色的”，医生说，“早上一片用六大杯热水送下；蓝色的，中午一片用六大杯温水送下；黄色的，晚上一片六大杯凉水送下。吃完为止。”病人很钦佩，又不安：“我的病这么严重吗？”“不太严重”，医生微笑，“你只是喝水少。”

这故事教育我们要多喝水，少吃药。

例二：有位朋友，美丽女友结婚了，新郎不是他。于是，像《盘妻索妻》里唱的，他：四书五经无心看，三茶六饭懒下喉；日卧书斋愁脉脉，夜对冷月恨悠悠；万种幽情无处诉，一病相思命几休。三个月后，他的长篇遗书终于定稿之时，突然听说她的夫君因渎职受贿罪被判二十年，财产没收。他本善良人，立即前去真诚安慰，嘘寒问暖，跑前跑后。再见时，他胡子已然刮掉，脚上两只皮鞋居然又是一个颜色了——问及近况，他说好多了，就像服了安慰剂。我说我问的是你，他说我说的就是我。

这故事的寓意是：无论失业或失恋，生意破产还是整容破相，吃亏别出声，万不要到处哭穷喊冤寻求安慰。

——你得到了安慰，别人就得到了安慰剂。

真正的痛苦，
没有人能与你分担，
——你只能把它从一个肩，
换到自己另一个肩。

对待自己的思想
就像对待汽车零件
——要时々细心检查，
还要经常换新的。

令人精疲力尽的，
往往并不是要做的事本身
——而是事前事后患得患失的心态。

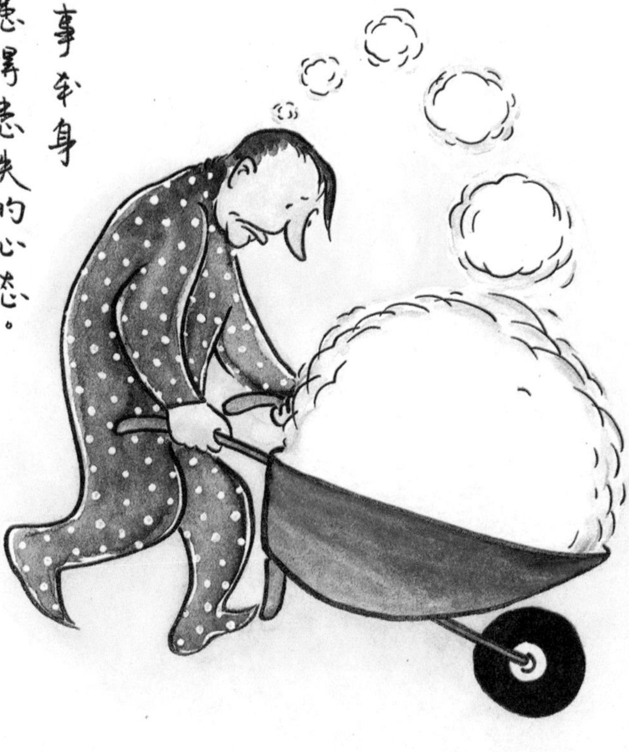

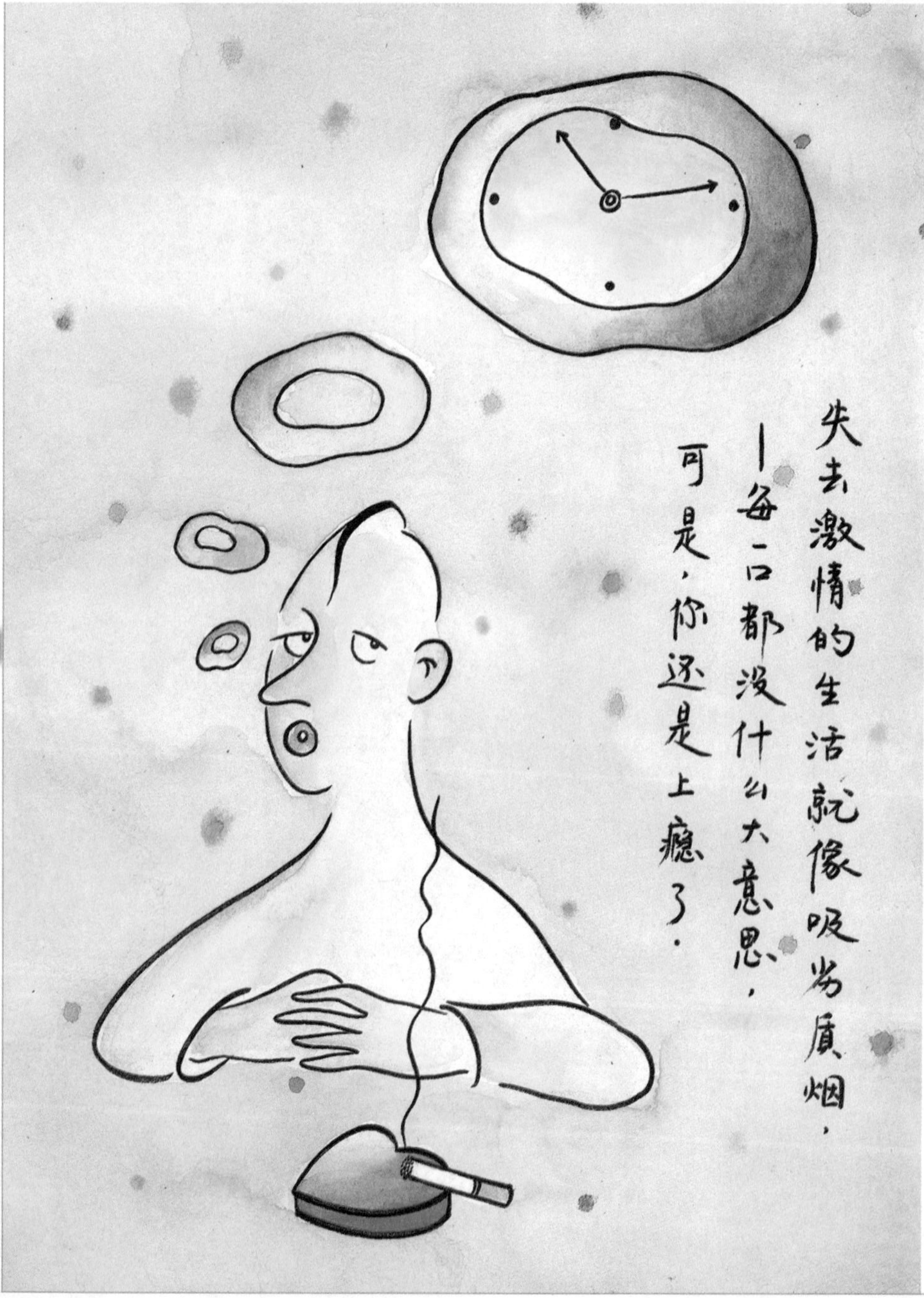
失去激情的生活就像吸劣质烟，
—每一口都没什么大意思，
可是，你还是上瘾了。

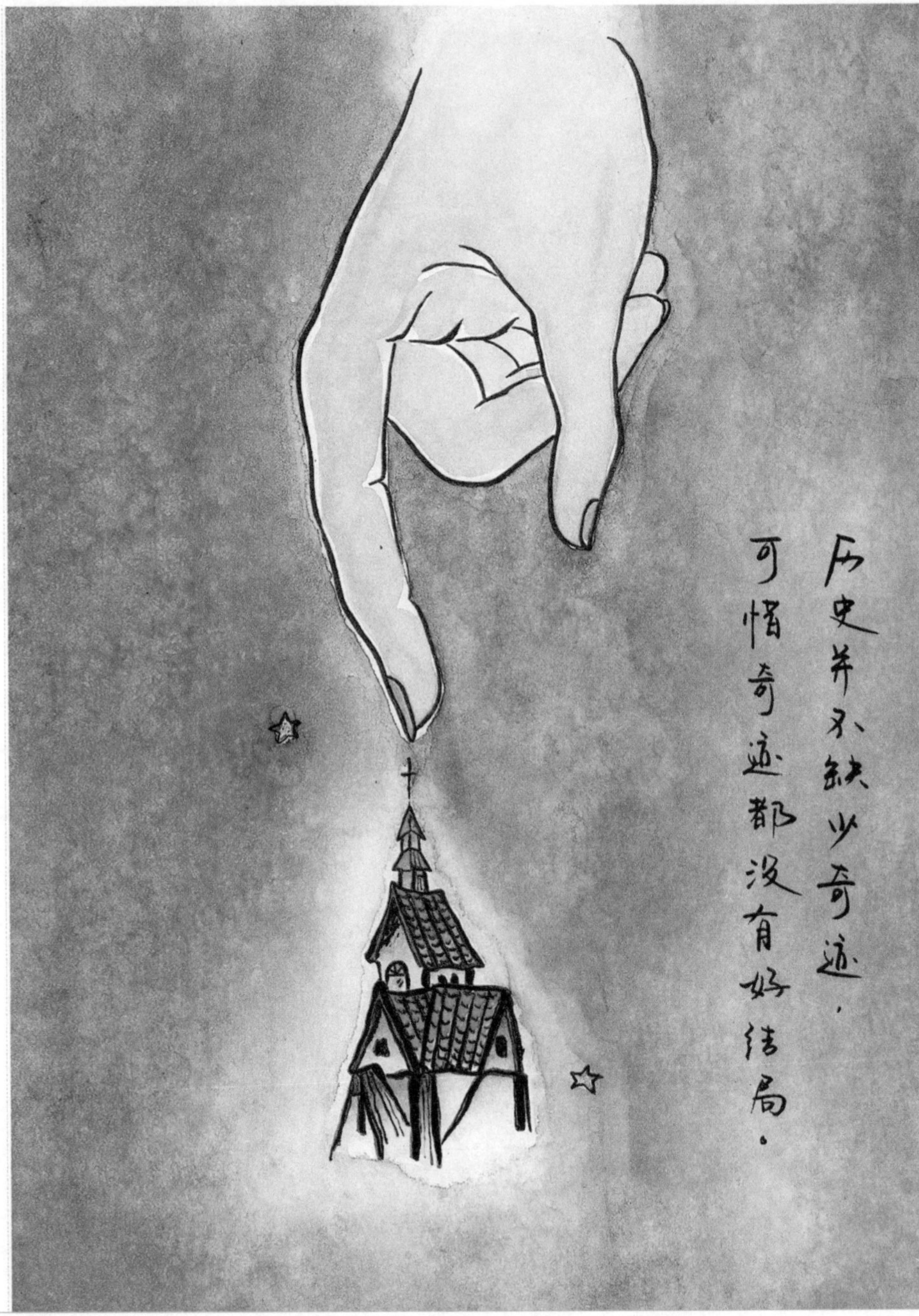
历史并不缺少奇迹，
可惜奇迹都没有好结局。

# 信任与背叛

《埃及艳后》中凯撒说过类似的话：信任如醉酒，一试就后悔。

那时他和他的罗马帝国如日中天，却忙里偷闲，在后花园和他的小儿子玩战俘游戏，不知怎么忽然感慨了。孩子仰着小脸问他关于信任，他苦笑叹息：不要提这个词吧，我的朋友，这个词让我伤感。

那是部老片子，耗资巨大而反响不佳，影评家说泰勒扮演的克丽奥佩特拉平庸艳俗，像个胖乎乎的美国中产阶级少妇——可我喜欢看，我就是看喜欢艳俗的东西——逛纽约大都会博物馆，正巧有埃及文物专展，在金碧辉煌鬼气森森的棺椁雕像间流连半天，又以极不合理的价格买了那件“图坦卡蒙的以纯金打造的镶满宝石玉髓象牙的木乃伊形内棺”的，呃，小型复制品：铅笔盒大小，塑胶的，嵌玻璃珠子，买回来，当铅笔盒用。

还有一句台词也记得。第二任情人安东尼离开埃及回罗马，她神色凄惶扯住他的衣服嗫嚅挽留：“他们说，那些修陵墓的奴隶，昨天挖出一块古代的石碑来，上面刻着——昨夜你没来，我彻夜难眠，今夜你来吗？”她颤抖着仰视他，孔雀石液画的浓碧的眼尾华丽上挑，眼睛里痛苦的询问不是爱情，而是对爱情的担心。

安东尼久久未回，他背叛了她；但是很公平，她后来也背叛了他，当他海战中失败的时候，她的观战船悄悄离开；再后来他和她试图东山再起，昔日忠心耿耿的部下又背叛了他们——当他黎明步出军帐准备率兵开战，却发现战场上只剩下自己一个人，而她得到消息后借蛇吻匆匆自尽，连死，也不肯等他一起死……

人类的历史就是一部相互背叛的历史，你看，信任真是一个令人忧伤的词。

信任就像醉酒——
每次尝试过后都会懊悔。

所谓知识分子，
不过是古往今来
所有想把生活变得
更有趣的人罢了。

经验是一枚不好看但
很实用的书签——
夹在人生的书页中，
供你随时翻看。

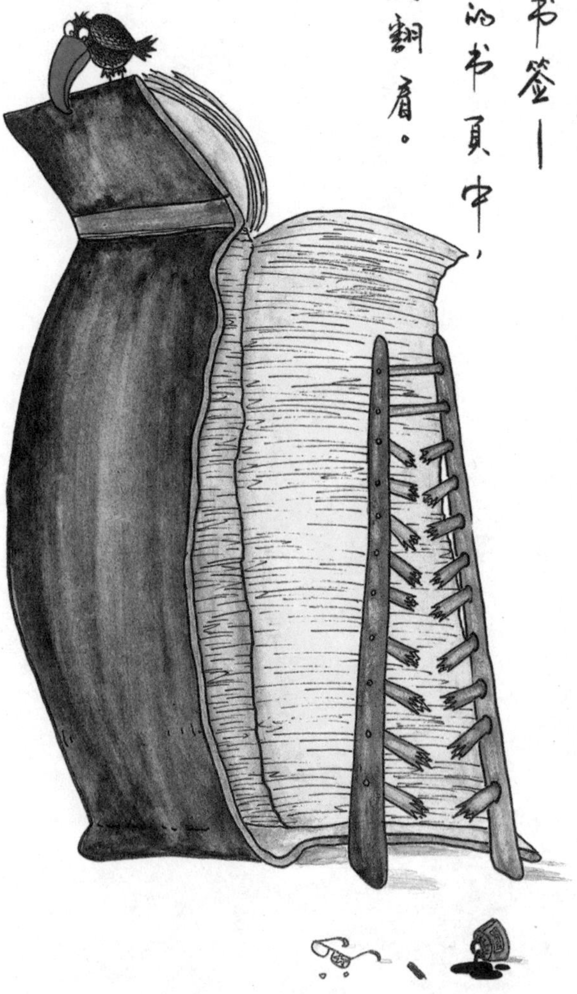

简单说吧，现代人的
作息规律就是——
他们从不肯在起床
的同一天再上床。

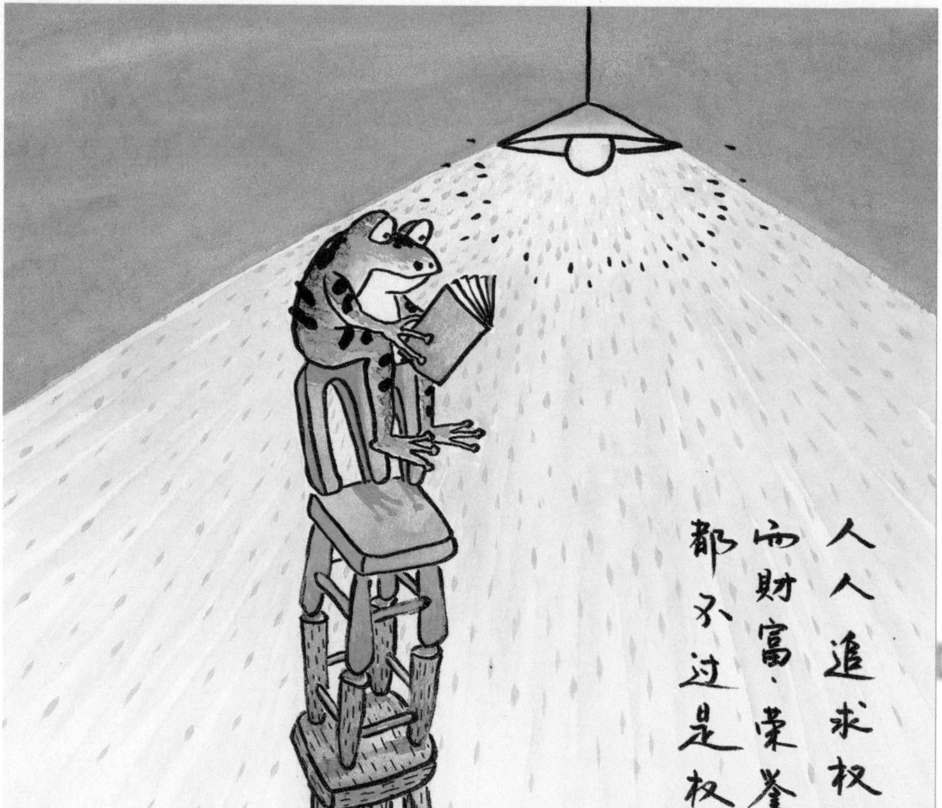
人人追求权力——
而财富、荣誉、知识，
都不过是权力的另外几种形式。

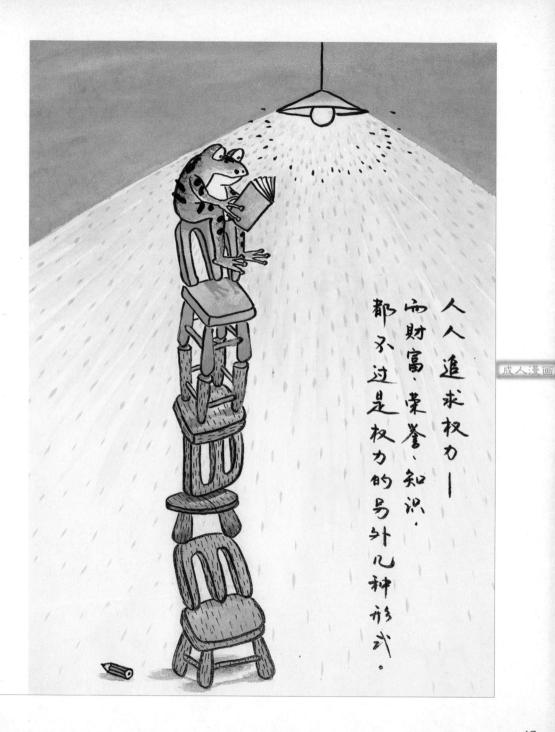

# 过 程

现代人成熟的过程是这样的——

你曾对电影明星流行歌手如数家珍，一边抖着右腿听歌一边写作业一边躲过爹妈监视偷看电影画报并暗暗鉴赏比较：这个真帅啊！那个有点斗鸡眼：这人还没我高呢，喜欢吃海鲜哈蜜瓜冰激凌跟我一样嘛——意粉不知是什么东西；看看年龄，嗯，比我大十几岁；呦才大五六岁嘛；咦，和我差不多大啊？你看人家多风光还赚这么多钱；呀比我小！……呀才跟我的表妹差不多大怎么可能？……天哪这么小呵！有代沟了吧……我……

现在你已经很久不看电影了。早上送完孩子赶到办公室，拎起不知谁丢在桌上的前天的晚报擦擦手上的机油，突然指着娱乐版上那个青春偶像大艳照问新来的大学生：喂——这个人，头发染成四个颜色像个鸡毛掸子似的，谁啊？

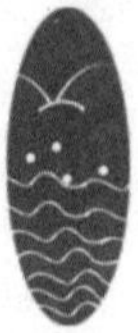

如果下雨让你想到的不是
梨花柳絮而是关节炎，
进饭店只看菜单不看
苗条的服务小姐；
你觉得年轻人一无是处，
流行音乐和时装令人作呕，
儿子不再惹你生气，老婆越长越像
丈母娘——甚至有一次你睡着了，
而那个可恶的小护士竟以为你死了……
那么，你知道——你老啦。

品格可能只在重大
时刻才表现出来，
但绝对是在
无关紧要时形成的。

令人沮丧的往々并非事实，
而是比较。

点燃艺术火花的，与其说是灵感，不如说邪念。

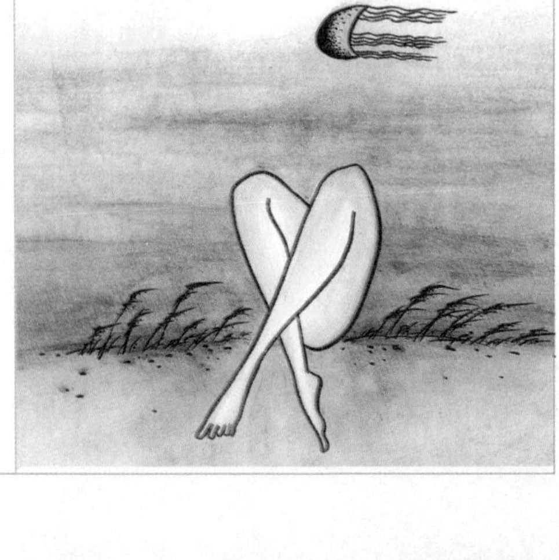

知识和财富的不同点之一就是——前者无论是哪里得到，都没什么可耻的。

感情没有归宿的女子，
常在不经意的瞬间，
流露出等待的神情。

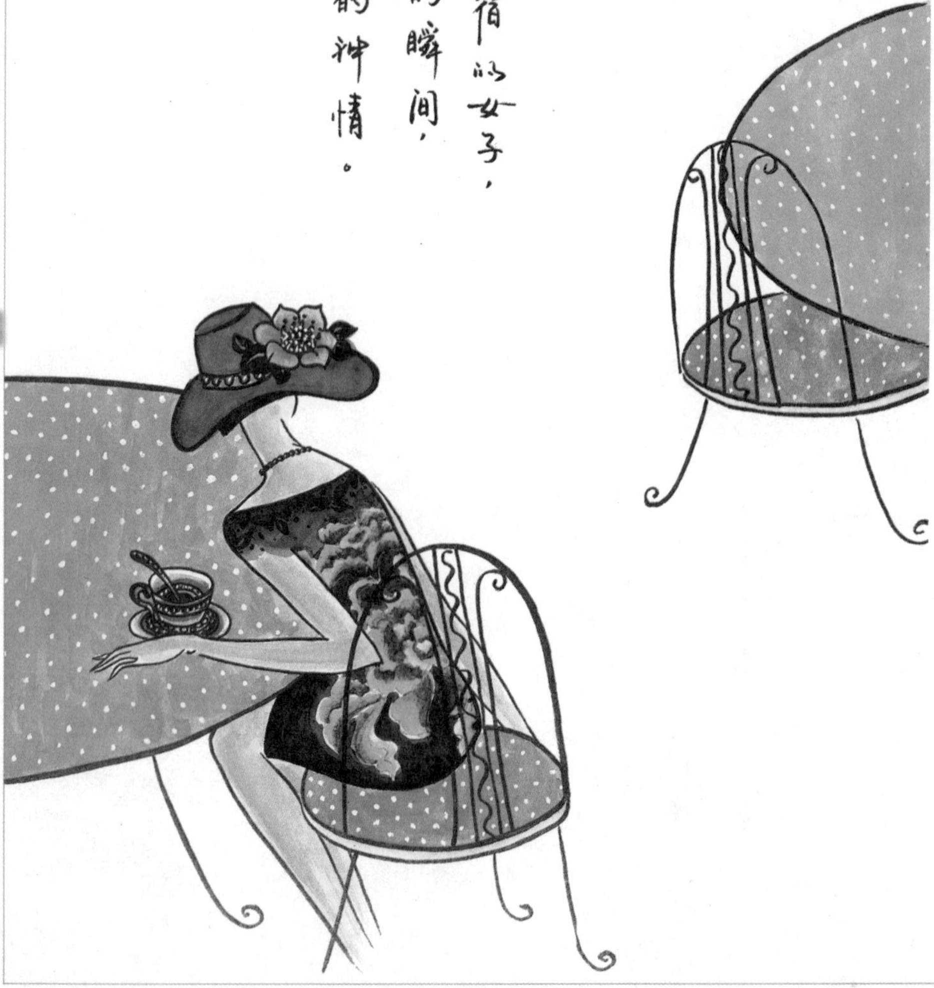

要是经常往上看，你会长高，
如果老是低着头捡便宜，
你就会驼背。

# 内衣

近年大商厦的女士内衣柜台，就像十九世纪的美国国土一样迅速扩大。有女友得意说这反映了女性社会地位的提高，另一个摇头不尽然：是给男人看的啊——女人穿衣服是为女人，脱衣服才是为男人，花样翻新的内衣不过是穿脱之间一个半推半就的缓冲或曰过门儿。

真是名目繁多，够开一门课了。什么棉加莱卡胶粘聚酯的，有带无痕蕾丝花边的，束腹收腰提臀美腿的，消脂灭菌红外线保暖的（开玩笑）；小小一个胸罩，为有形里面塞了个千奇百怪，除了海绵，还有丝绒水袋凝胶滚珠药末海泥——这还算好的，至少是身外之物，还有直接割开乳房注射硅胶豆粉的呢，然后又是感染化脓发炎排异手术摘除……这种蠢女人，若非自己变态，就是爱上了变态男人。

中国女子的传统内衣乃肚兜，又叫小衫、心衣、腰彩、齐裆、羞袒、抹胸。《红楼梦》里写尤三姐和贾珍贾琏两个牛黄狗宝喝花酒：松松挽着头发，大红袄子半掩半开，露着“葱绿抹胸，一痕雪脯”——唔，真性感。

内衣折射出一个女子的素养和心境。王小波写文革时期住大杂院的男孩子，看到满天晾着的中年妇女用床单布改的大裤衩、粮食口袋加带子做的胸罩、形状宛如鞋垫、上面还染着屎裕粑色的不明物件就会学坏——他说，我倒是没有学坏，因为我已经够坏了，我只是因此不大想活了。

出差旅行偶尔和女伴同室，浴室里晚妆卸罢，会忍不住瞄一眼对方的小衣服，有的赏心悦目，有的形迹可疑，恰如人品。一友有洁癖，自带衣撑并垫上纸巾才肯晾晒；另一位，同行十天就没见她洗晾，实在忍不住好奇问她，她矜持娇笑：“不，不是一次性纸内衣，我每天换下来放进塑料袋，回家呀让老公洗。”

最近听说她离婚了。

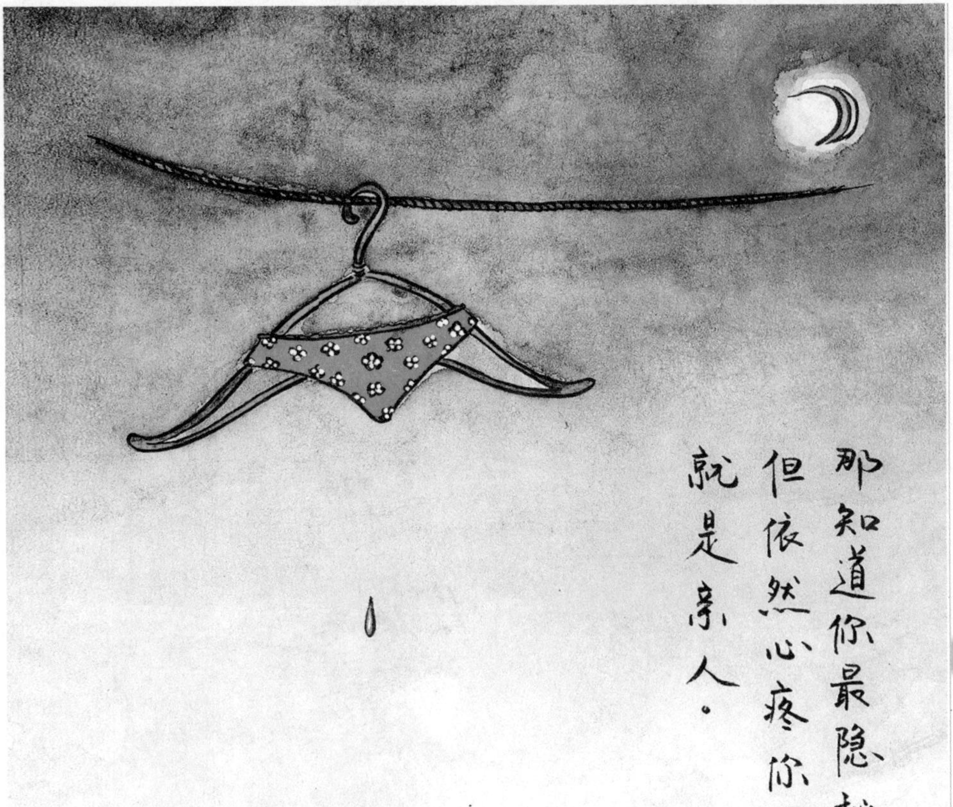
那知道你最隐秘的丑陋之处，
但依然心疼你的人，
就是亲人。

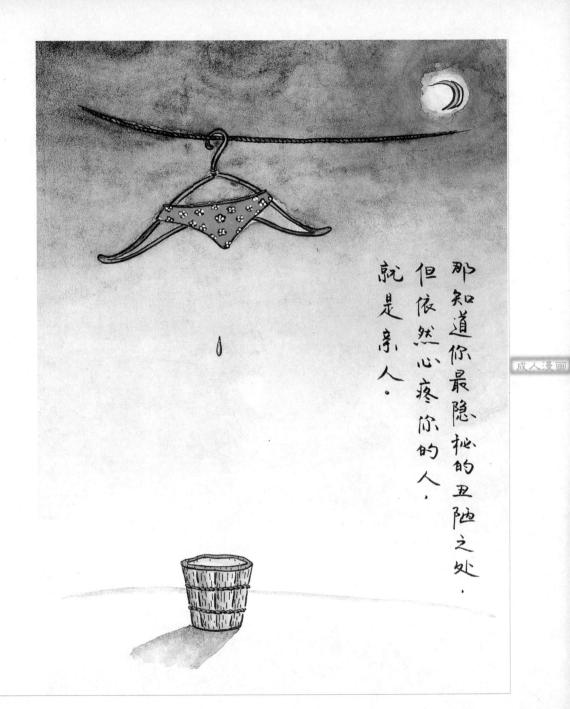

安全带，安全帽，安全套，
現代社会里能给人安全感的，
不是人际关系，
而是塑胶制品。

结婚前男人不知道什么是幸福
一结婚后他很快知道了，
可是……已经太晚了。

猫要鱼，狼要肉，
你要什么呢？

许多人不断犯错误
的原因就是—觉得
事后表示歉意、
比事前抵御诱惑、
要容易。

# 见 鬼

《阅微草堂》里许多写鬼的故事很有趣。

两个书生在佛殿夜读，一个想装吊死鬼吓唬同伴，在脖子上松松拴了根绳子晃悠出来，吐着舌头两眼翻白，同伴一见惊叫一声跌坐地下，脸都吓绿了。恶作剧的人失笑：胆小鬼，是我呀！另一个却惊魂未定指着他背后：固知是尔，但尔身后是谁？回头看，是一个真的吊死鬼。

作者结论：机心一萌，鬼遂应之；妖由人兴，往往有焉。

另一个见鬼的故事则比较有喜剧性。一伙无赖浪子常聚在佛殿中喝酒赌博，寺中僧侣好言相劝，不但不听，还骂骂咧咧。一夜，这伙人又喝大了，大呼小叫开始划拳。一个家伙刚一伸拇指喊了个“一！”，突然，有个磨盘大的长毛巨手从窗外探进来，五指齐张，厉声呼道：“六！！！”举掌一拍，烛灭桌碎。无赖屁滚尿流四散而逃。

结尾说：佛与众生无计较心，此大概是护法善神现形欤？

第三个是关于我朋友的，两个人评价一个艺人的长相。一个说：“像个鬼”，第二个厚道：“像天仙”。

“啊？！”

此人莞尔微笑：“天仙下凡，脸先着地”。

把我笑得！

心想事成就是——
你有什么样的恐惧，
就会撞见什么样的鬼。

有些事大家都做，
区别是有涵养的人不当众做
——比如剔牙，比如打情骂俏。

尊重即距离——
那位只隔着墙冲你微笑、
而从不爬过来的
就是好邻居。

人生没有如果，
但有许多但是。

可怜人必有可恨处
——所谓命运者，
多咎由自取。

# 个 性

说：人分四等，依次排为：有本事没脾气，有本事有脾气，没本事没脾气，没本事有脾气。

第一种人真是奇花异草奇珍异宝，诚为钟灵毓秀不可多得，大概五六百年出一两个吧——“自己觉得是”的不算。

第二种人恃才而傲物，胳膊粗了气就壮，但人家确有若干把刷子，要用他的才呢，就多少得受他的气——就像苏东坡问佛印：庙门前哼哈二将皆怒目，哪个有理？佛印答：拳头大的有理呗。没办法。

第三种人如运动场里举小旗的文明观众，历史大片里的群众演员，各级单位各级领导竞选演说年终总结时“拎个茶杯／遛进会场／假装记录／跟着鼓掌”的良民，去之无益，留之无害，和平共处，不伤大局。

第四种人手无绝技身无后台，既顽劣鲁钝又乏自知之明，姥姥不疼舅舅不爱还拿自个儿当亲生，在此优胜劣汰适者生存的残酷社会中若不幡然悔悟弃暗投明，大概很快就要同某些珍稀动物一样趋于灭亡仅存名目了。

这个时代推崇个性的张扬，没错儿，但张扬之前你得先揽镜自照一番——看看自己，羽翼丰满了否？

钱海燕绘

有个性的人如奇花异卉，
不可多得，而大多数
洋々得意自诩独特例外
的人，其实只是少见多怪
的例内罢了。

在许多家庭，母亲
不过是使用其他厨房用
的另一件厨房用具而已。

减肥减掉的肉，
就像自家养熟的狗
一不小心，又跑回来啦。

成人漫画

多数丈夫唯一能在
妻子背后做的事，
就是替她拉上裙子拉链。

美满的婚姻诚为人间异数，
所以结婚应与仇人结——
既完成终身大事，
又完成复仇大业，一举两得。

怀旧……不是因为
那个时代多么好，
而是那个时候，
你年轻。

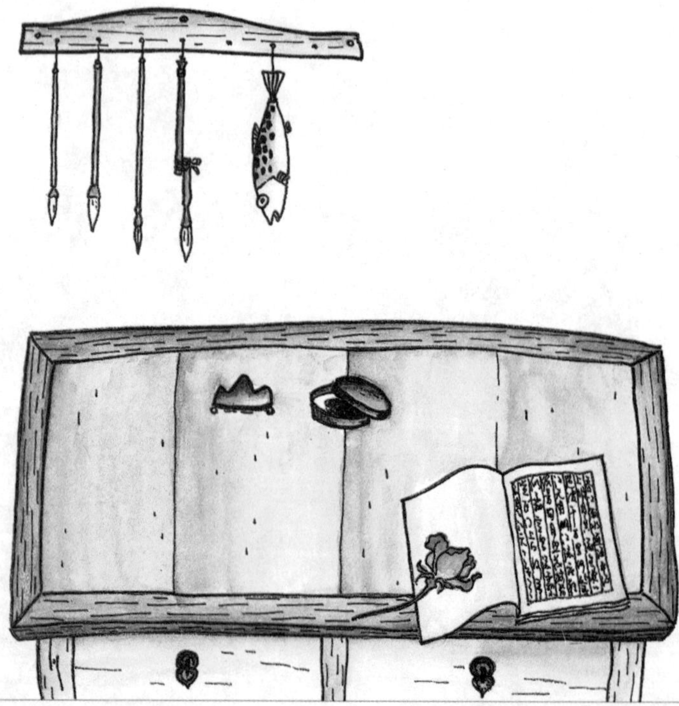

理想就像地平线——
当你站在现实生活
的窗口眺望时，
它是美丽和具体的，
但你真的一步々
走近时，
它就消失了。

对权威的信任就像
少女的贞操——
一旦失去了，
就永远失去了。

总是要求美丽的女人有思想，
说是：容貌会老，而思想不会，
但是一当美貌的女人老去了，
谁还在乎她的思想？

# 真 话

有刺鼻的味道的东西一不小心就闻到了：夏天的公共厕所，冬天拥挤的公车上常年不洗澡的人，停电三天的冰箱，还有你上高三的身高一米八二热爱踢球的表弟藏在枕头下面的运动袜。

但没有一样会比不经修饰的真话更刺鼻子、杀眼睛、伤脑筋、倒胃口、讨人嫌。劝人做一个诚实的人吧——要是你和这人有杀父之仇夺妻之恨的话。

英文里管善意的欺骗叫白色谎言。有位初出茅庐的记者登门采访总统的母亲，问她儿子是否像他自己表白的那么诚实。答：是的，除非不得已而善意撒谎。记者请她举个例子，她笑了：你还记得刚才进门时，我对你说——见到你很高兴吗？

你看，给台阶不下，自找没脸。

要知道，人在江湖混，要的就是个面子，骗你是看得起你。只背后捅刀，不当面抹粪，就算是哥们儿了。

所以人说嘛，真话最不好听，真相最不耐看，真情最不持久，真心最不可依赖——这可是真话啊。

所以尽管阿谀奉承吹牛拍马文过饰非甜言蜜语好了。忠言逆耳利于行，良药苦口利于病，谁要利于病？让他幸福地死吧。

所以，下次你也不要一脸道义感地来沉痛询问我“想不想听句实话”，你知道的，我不想。

我有“不知情权”。

真话就像劳动的汗水
——是有价值的，
但有股刺鼻的味道。

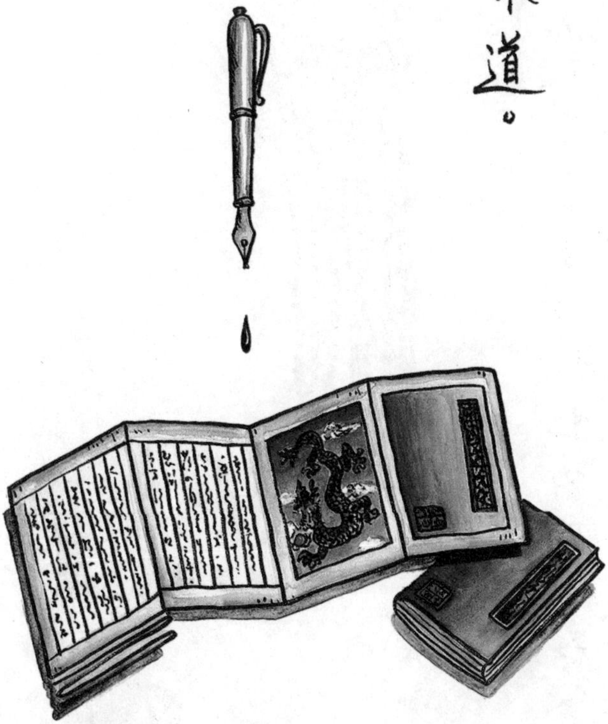

女人在某些时刻需要某个男人，
就像逃机者需要降落伞——
如果此刻他不在，
以后他永远也不必在了……

天堂里的人干什么
我不知道，
但他们不干什么我知道
——他们既不结婚，
也不生孩子。

# 鸟叫

午觉睡到四点钟，被铃声吓醒——朋友在电话另一头像中了彩票似的兴奋大叫："听啊听啊快——听！"我懵懵懂懂听到电流的嗞嗞声，莫名其妙，又生气："什么嘛？你发明的马桶除垢剂得诺贝尔化学奖了？""不是——见你的鬼！鸟叫啊，我在爬香山呢，树上好多鸟！"

可怜现代人。

想起前晚一个校友聚会，可能因为餐桌上的烤鹌鹑吧，居然聊到了动物的话题。内中一个很斯文的男孩突然就兴奋地滔滔不绝起来，从蜂鸟是世界上惟一能倒着飞的鸟每秒钟翅膀扇动七十次，到海豚能发超声波避开障碍为什么还会撞进鱼网里，北极熊的透明体毛是中空的以吸收光热并加以保存，深海大乌贼还没成年就比公共汽车还长而且人类从未见过活体，科学家正在研究一种鸽子和啄木鸟交配的鸟种不仅能送信还会敲门……听得我津津有味不胜钦佩，问他："你不是我们经济系的吧，学生物的？常去野外考察辛苦啊？"他突然面现陀色，扭捏笑答："不……我在中银外汇部——我刚买了一套《discovery》的盗版光盘……"

爬山的朋友见我无法分享鸟叫的野趣非常不甘，自告奋勇学给我听："姑姑骨古！"并注释：前两个阴平，第三个阳平，最后尚声（他学中文的），又问："什么鸟？"我笑："达尔文也听不出来——鹧鸪吧？"隐约记起元曲里写到这种鸟，亲人离别时它咕咕咕咕的叫，声如"不如且住"：

"东山一丛杨柳树，西山一丛杨柳树，南山一丛杨柳树，北山一丛杨柳树；纵使杨柳千万条，也难挽得行人住；山前鸣杜宇，山后鸣鹧鸪，杜宇唱：行不得也，鹧鸪叫：不如且住！"

——从容悠美的时光，有情有义的古代的人啊。

那些最终会把你
陷进去的东西，
一开始感觉总是
很舒服的……

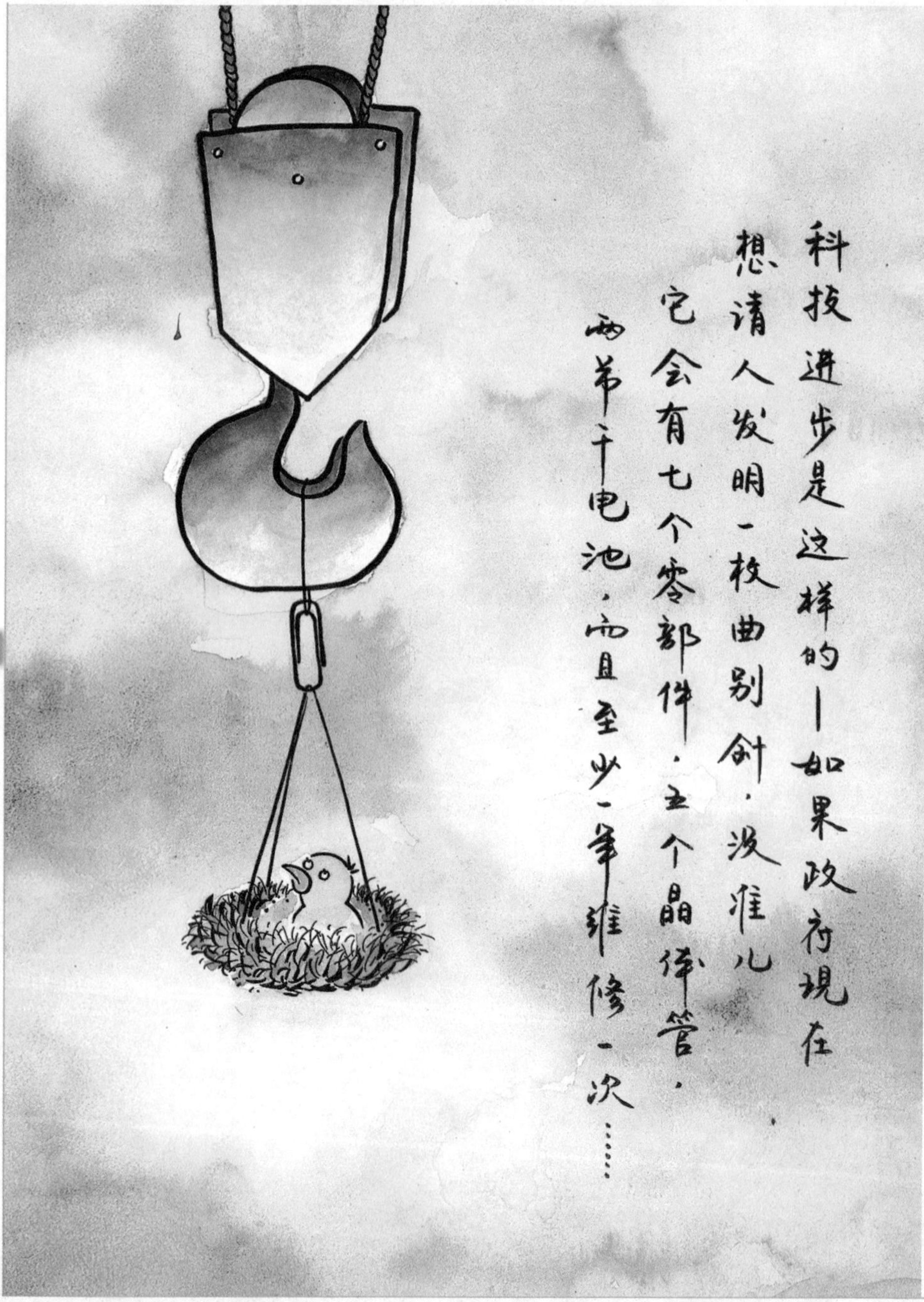
科技进步是这样的——如果政府现在
想请人发明一枚曲别针，没准儿
它会有七个零部件，五个晶体管，
两节干电池，而且至少一年维修一次……

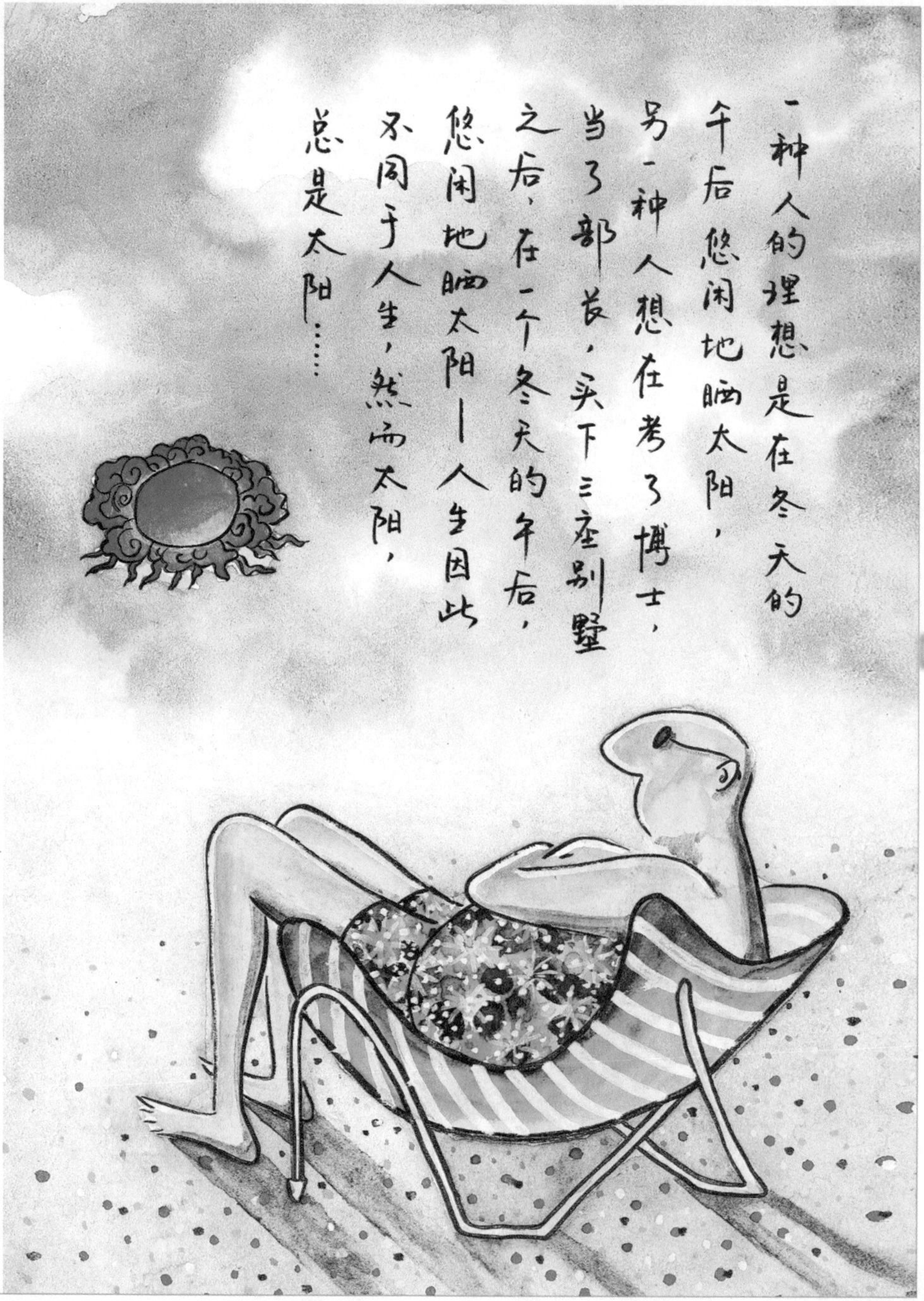
一种人的理想是在冬天的
午后悠闲地晒太阳，
另一种人想在考了博士，
当了部长，买下三座别墅
之后，在一个冬天的午后，
悠闲地晒太阳——人生因此
不同于人生，然而太阳，
总是太阳……

所有错误，
都是在绝对正确的
信念下铸就的。

快乐使人年轻，
痛苦让人成熟，
而豁达则是在冷眼
看破红尘后，
重新又变得像个孩子。

# 我们的父亲母亲

和朋友们聊起小时候最害怕的事，一致同意：不是期末考试，不是开家长会，不是50米达标，不是和隔壁班男生打群架，不是六一节被迫抹了红脸蛋上台小合唱，不是偷小卖部果丹皮被抓，不是早恋给教务处通报，不是大太阳底下军训走队列，而是，爸妈吵架。

谁的爸爸妈妈都吵架吧？还没吃晚饭也没写家庭作业的你，流着泪缩在小床里，被子堵住了耳朵却依然能听到他们在客厅里摔盘子打碗掀桌子的声音。爸爸扬言要砸了电视机，那是当时你们家最贵的东西，妈妈哭着大叫离婚离婚离婚！那是世界上你觉得最可怕的一个词。啊他们还提到你的名字，提到你以后跟谁的问题……你开始相信上帝，祈祷：只要爸妈和好，你一定会做个好孩子，再不迟到早退抄作业，考试考到前三名。

后来，果然他们和好了，好好吵吵，原来并不是世界末日，每家的日子都这么过的。你一天天长大了，他们老了。当然，也有些孩子没你这么幸运，他的爸妈真的分开了。每个周末他转两次公车去看望有了另外一个家的另一个亲人，他在作文本里写：我的心分成了两半。

有位年过三十、英俊富有的成功人士，每次说他不想生小孩时口气都斩钉截铁——他还没结婚。他是我小学中学的同学和十几年的邻居，他爸爸妈妈一到过年就打架，摔灯台的声音鞭炮都压不住。他第一次离家出走时才九岁。

他说成长是个痛苦的过程，他不想有个小孩然后看着他经历自己曾经经历的……

父亲能为孩子们
做的最重要的事，
就是爱并忠诚于
他们的母亲。

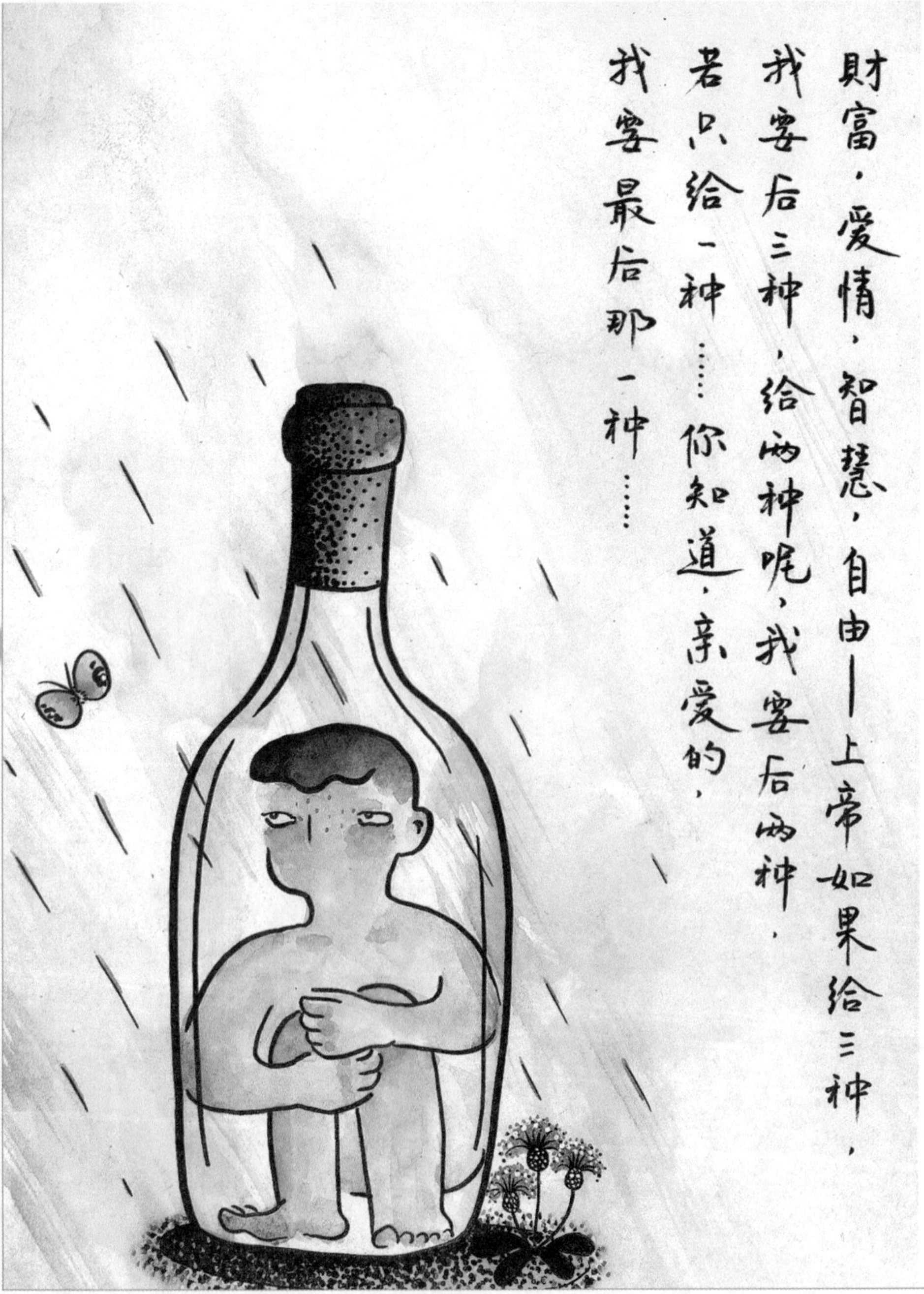
财富，爱情，智慧，自由——上帝如果给三种，
我要后三种，给两种呢，我要后两种，
若只给一种……你知道，亲爱的，
我要最后那一种……

饭前洗手，早睡早起；自己的事情自己做，
不是自己的东西不要拿；有好吃的分一半
给小伙伴，别人有困难要帮忙；每天学点
新东西，做错事情要道歉……其实，
我们在幼儿园学的东西，足够应付一生。

好女人偶一放肆，便有寻常的坏女人做梦也得不到的好处；坏女人偶动善念，她便前功尽弃死无葬身之地——所以，大多数女人愿做好女人。

和有情人，做快乐事，
莫问是缘还是劫。

微小的事物往々更难对付，
倒如你可以坐在五千米的山頂，
但很难坐在针尖上。

钱海燕绘

殉情不見得一定是自杀——
有时候，也指和亲爱的人
共赴婚姻殿堂。

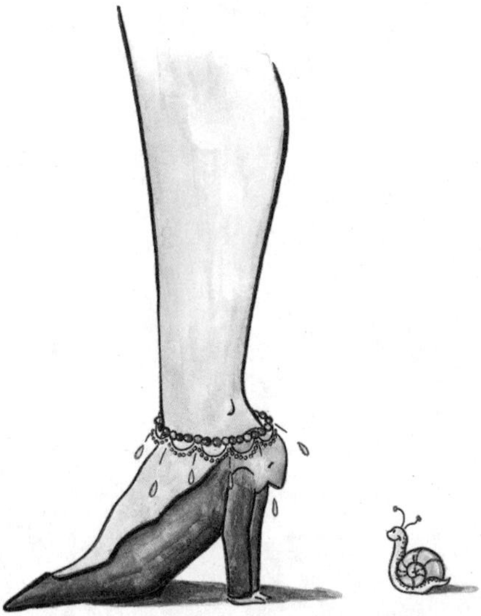

没有犯罪而不断被加刑
——这就是衰老的感受。

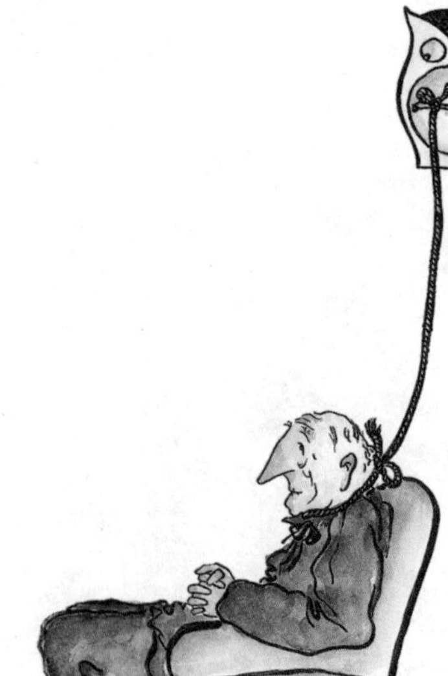

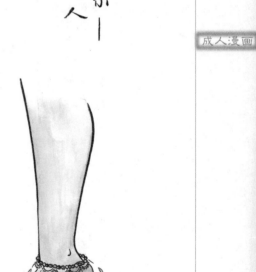

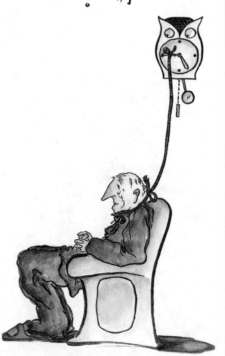

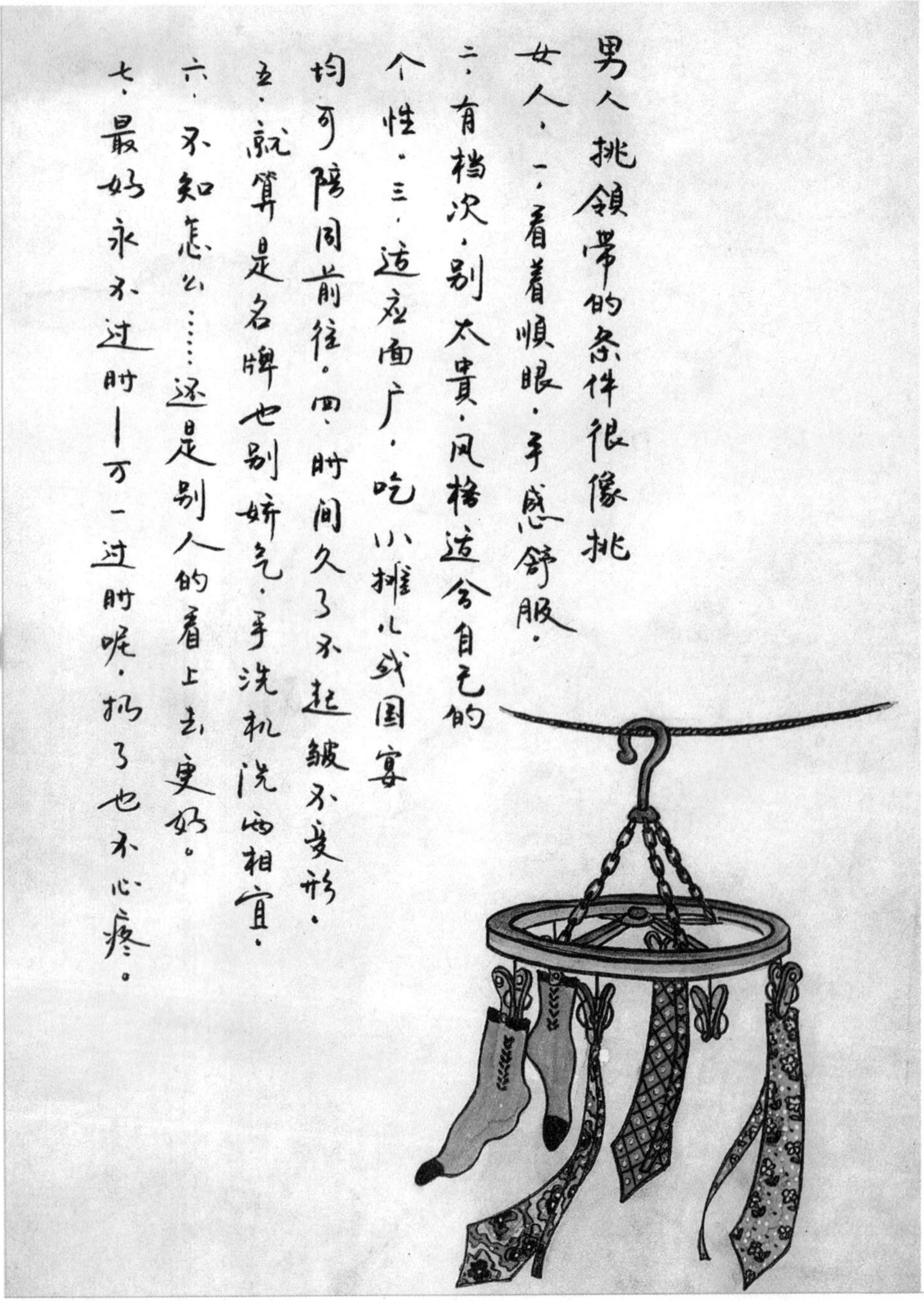
男人挑領帶的条件很像挑
女人，一，看着順眼，手感舒服。
二，有档次，别太貴，风格适合自己的
个性。三，适应面广，吃小摊儿或国宴
均可陪同前往。四，时间久了不起皱不变形。
五，就算是名牌也别娇气，手洗机洗两相宜。
六，不知怎么……还是别人的看上去更好。
七，最好永不过时——万一过时呢，扔了也不心疼。

成人漫画

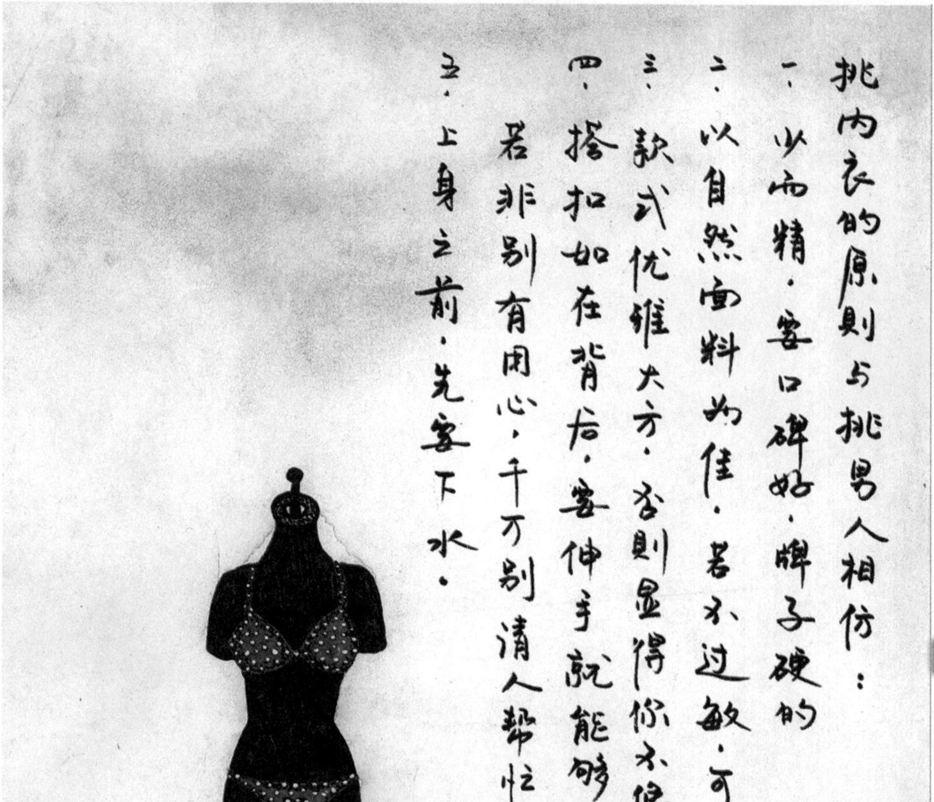
挑内衣的原则与挑男人相仿：
一、少而精，要口碑好、牌子硬的
二、以自然面料为佳，若不过敏，可带花边
三、款式优雅大方，否则显得你不像良家女子
四、搭扣如在背后，要伸手就能够到，
若非别有用心，千万别请人帮忙
五、上身之前，先要下水。

口渴时觉得能喝下整个大海，
这叫信仰，
真喝时只喝下两杯清水，
这叫科学，
一能分清信仰与科学，
这叫智慧。

对一个人保持敬意的条件之一——远离他的私生活。

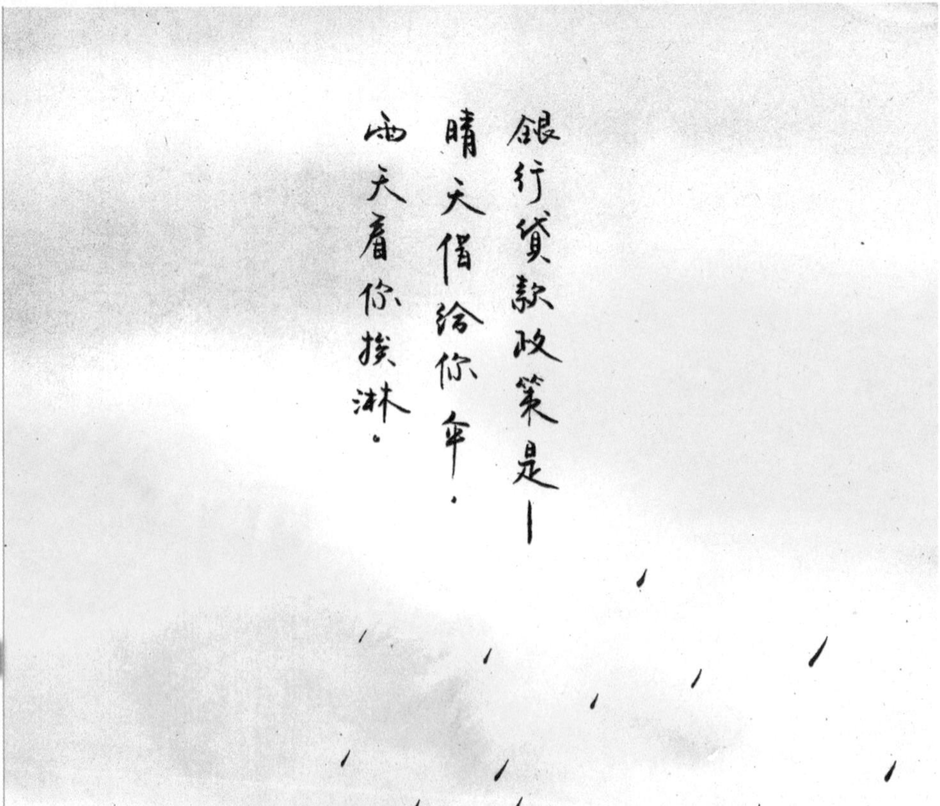
銀行貸款政策是—
晴天借给你伞，
雨天看你挨淋。

要想毁掉一棵树，
最有效的办法是暴露
它的根，要想毁掉
一个人，方式相同。

得到你想得到的东西只是成功的一半
另外一半是：享受它。

我们很难改变周围的事物，
但可以试着改变对它们的看法。

# 口香糖爱情

半夜饿了，嚼口香糖，煲电话。随手画了张画，让另一头的符郁随便配点文字，二十分钟后她发了过来，如下：

有一种东西，不知道是谁发明的。

初尝时甜，嚼得几口，便寡然无味；

虽然无味，仍会习惯性地嚼下去，非要两腮酸痛、累到极点，才肯放弃；

价格低廉，容易到手；

品种丰富，且不断翻新，有清爽如薄荷、甜蜜如柑橘、腻人如香蕉……甚至有出人意料内藏夹心果酱的，惊喜多多；

有的人品牌忠诚度极高，只偏好一个牌子的一种口味，有的人老是换来换去，定不下心，有的人喜欢某个牌子都已经十几年了，忽然又觉得还是别的牌子好；

逐渐成为生活习惯，走到哪里都要随身带着，心里才觉踏实；

能让一个人精神突然振作；

不是生活必需品，即使从此不再有，也无大碍；

但失去后总感到口腔或者身体的某个部位颇为空虚；

要它，有时候只是为了图方便，比如在需要换零钱的时候；

都说对人有好处，其实它的成分人体根本无法吸收；

浅尝辄止的时候是一种玩乐，不小心吞下了，就会很危险；

其甜味日趋可疑，仿佛人造化已成为主流；

想扔掉的时候，常常苦于找不到合适的地点，随便扔在地上会被人骂“没有公德心”；

如果面前是一个垃圾桶，怎么把它扔进去就是一个难题，扔来扔去，它总是黏在手心里；

有的人嚼过以后，就把它随随便便往公共建筑物上一拍，任众人参观；

这个城市，风吹日晒，尘土又多，最后别人看到的，往往只是一团乌黑的泥丸，连带着对那个人也看轻几分；

蒸不熟，嚼不烂，踩不碎，扯不断。

……

我说好！正是我画的口香糖。

她说啊？还以为你要关于爱情的呢！

钱海燕绘

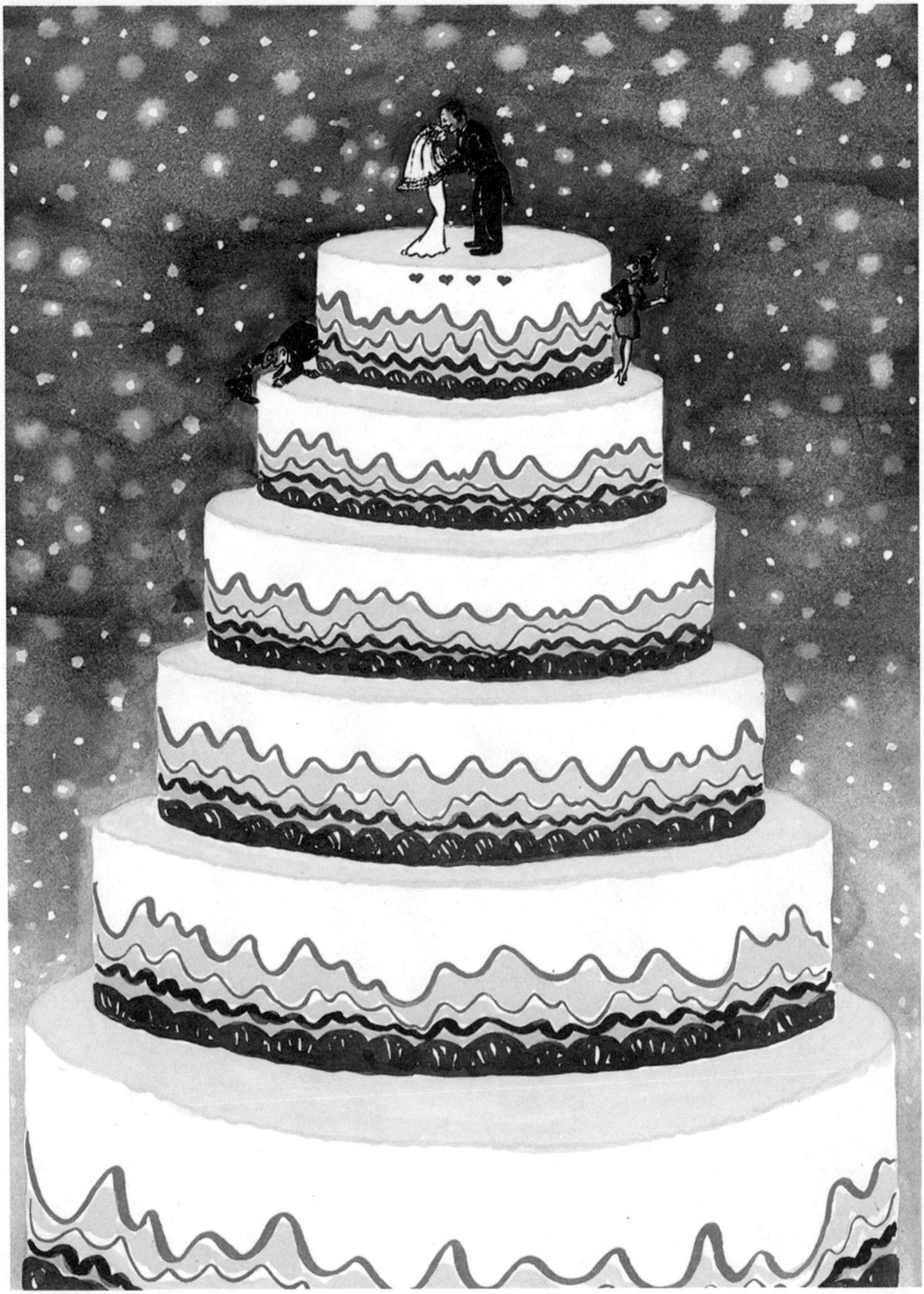

**图书在版编目（CIP）数据**

小女贼的细软/钱海燕编绘．－北京：作家出版社，2005.4

ISBN 7－5063－3228－0

Ⅰ．小…　Ⅱ．钱…　Ⅲ．漫画：连环画－作品－中国－现代　Ⅳ．J228.2

中国版本图书馆 CIP 数据核字（2005）第 023449 号

**小女贼的细软**

**作者：** 钱海燕

**责任编辑：** 懿翎　汉睿　朱燕

**装帧设计：** 翁竹梅

**版式设计：** 翁竹梅

**出版发行：** 作家出版社

**社址：** 北京农展馆南里 10 号　　**邮码：** 100026

**电话传真：** 86－10－65930756（出版发行部）

86－10－65004079（总编室）

86－10－65389299（邮购部）

**E－mail：wrtspub@public.bta.net.cn**

**http://www.zuojiachubanshe.com**

**印刷：** 中科印刷有限公司

**开本：** 880×1230　1/24

**字数：** 10 千

**印张：** 5.5　　**插页：** 1

**印数：** 001－20000

**版次：** 2005 年 4 月第 1 版

**印次：** 2005 年 4 月第 1 次印刷

**ISBN** 7－5063－3228－0

**定价：** 25.00 元